JAN   2008

Simetrías

COLECCIÓN NARRATIVAS ARGENTINAS

LUISA VALENZUELA

Simetrías

EDITORIAL SUDAMERICANA
BUENOS AIRES

IMPRESO EN LA ARGENTINA

*Queda hecho el depósito
que previene la ley 11.723.*
© *1993, Editorial Sudamericana S.A.
Humberto I 531, Buenos Aires*

ISBN 950-07-0899-X

Cortes

Tango

Me dijeron:

en este salón te tenés que sentar cerca del mostrador, a la izquierda, no lejos de la caja registradora; tomate un vinito, no pidás algo más fuerte porque no se estila en las mujeres, no tomés cerveza porque la cerveza da ganas de hacer pis y el pis no es cosa de damas, se sabe del muchacho de este barrio que abandonó a su novia al verla salir del baño: yo creí que ella era puro espíritu, un hada, parece que alegó el muchacho. La novia quedó para vestir santos, frase que en este barrio todavía tiene connotaciones de soledad y soltería, algo muy mal visto. En la mujer, se entiende. Me dijeron.

Yo ando sola y el resto de la semana no me importa pero los sábados me gusta estar acompañada y que me aprieten fuerte. Por eso bailo el tango.

Aprendí con gran dedicación y esfuerzo, con zapatos de taco alto y pollera ajustada, de tajo. Ahora hasta ando con los clásicos elásticos en la cartera, el equivalente a llevar siempre conmigo la raqueta si fuera tenista, pero menos molesto. Llevo los elásticos en la cartera y a veces en la cola de un banco o frente a la ventanilla cuando me hacen esperar por algún trámite los acaricio, al descuido, sin pensarlo, y quizá, no sé, me consuelo con la idea de que en ese mismo momento podría estar bailando el tango en

9

vez de esperar que un empleaducho desconsiderado se digne atenderme.

Sé que en algún lugar de la ciudad, cualquiera sea la hora, habrá un salón donde se esté bailando en la penumbra. Allí no puede saberse si es de noche o de día, a nadie le importa si es de noche o de día, y los elásticos sirven para sostener alrededor del empeine los zapatos de calle, estirados como están de tanto trajinar en busca de trabajo.

El sábado por la noche una busca cualquier cosa menos trabajo. Y sentada a una mesa cerca del mostrador, como me recomendaron, espero. En este salón el sitio clave es el mostrador, me insistieron, así pueden ficharte los hombres que pasan hacia el baño. Ellos sí pueden permitirse el lujo. Empujan la puerta vaivén con toda la carga a cuestas, una ráfaga amoniacal nos golpea, y vuelven a salir aligerados dispuestos a retomar la danza.

Ahora sé cuándo me toca a mí bailar con uno de ellos. Y con cuál. Detecto ese muy leve movimiento de cabeza que me indica que soy la elegida, reconozco la invitación y cuando quiero aceptarla sonrío muy quietamente. Es decir que acepto y no me muevo; él vendrá hacia mí, me tenderá la mano, nos pararemos enfrentados al borde de la pista y dejaremos que se tense el hilo, que el bandoneón crezca hasta que ya estemos a punto de estallar y entonces, en algún insospechado acorde, él me pondrá el brazo alrededor de la cintura y zarparemos.

Con las velas infladas bogamos a pleno viento si es milonga, al tango lo escoramos. Y los pies no se nos enredan porque él es sabio en señalarme las maniobras tecleteando mi espalda. Hay algún corte nuevo, figuras que desconozco e improviso y a veces hasta salgo airosa. Dejo volar un pie, me escoro a estribor, no separo las piernas más de lo estrictamente necesario, él pone los pies con elegancia y yo lo sigo. A veces me detengo, cuando con el dedo medio él me hace una leve presión en la columna. Pongo la mujer en punto muerto, me decía el maestro y una debía quedar congelada en medio del paso para que él pudiera hacer sus firuletes.

Lo aprendí de veras, lo mamé a fondo como quien dice. Todo un ponerse, por parte de los hombres, que alude a otra cosa. Eso es el tango. Y es tan bello que se acaba aceptando.

Me llamo Sandra pero en estos lugares me gusta que me digan Sonia, como para perdurar más allá de la vigilia. Pocos son sin embargo los que acá preguntan o dan nombres, pocos hablan. Algunos eso sí se sonríen para sus adentros, escuchando esa música interior a la que están bailando y que no siempre está hecha de nostalgia. Nosotras también reímos, sonreímos. Yo río cuando me sacan a bailar seguido (y permanecemos callados y a veces sonrientes en medio de la pista esperando la próxima entrega), río porque esta música de tango rezuma del piso y se nos cuela por la planta de los pies y nos vibra y nos arrastra.

Lo amo. Al tango. Y por ende a quien, transmitiéndome con los dedos las claves del movimiento, me baila.

No me importa caminar las treintipico de cuadras de vuelta hasta mi casa. Algunos sábados hasta me gasto en la milonga la plata del colectivo y no me importa. Algunos sábados un sonido de trompetas digamos celestiales traspasa los bandoneones y yo me elevo. Vuelo. Algunos sábados estoy en mis zapatos sin necesidad de elásticos, por puro derecho propio. Vale la pena. El resto de la semana transcurre banalmente y escucho los idiotas piropos callejeros, esas frases directas tan mezquinas si se las compara con la lateralidad del tango.

Entonces yo, en el aquí y ahora, casi pegada al mostrador para dominar la escena, me fijo un poco detenidamente en algún galán maduro y le sonrío. Son los que mejor bailan. A ver cuál se decide. El cabeceo me llega de aquel que está a la izquierda, un poco escondido detrás de la columna. Un tan delicado cabeceo que es como si estuviera apenas, levemente, poniéndole la oreja al propio hombro, escuchándolo. Me gusta. El hombre me gusta. Le sonrío con franqueza y sólo entonces él se pone de pie y se acerca. No se puede pedir un exceso de arrojo. Ninguno aquí presente arriesgaría el rechazo cara a cara, ninguno está dispuesto a volver a su asiento despechado, bajo la mirada burlona de los otros. Éste sabe que me tiene y se me va arrimando, al tranco, y ya no me gusta tanto de cerca, con sus años y con esa displicencia.

La ética imperante no me permite hacerme la desentendida. Me pongo de pie, él me conduce a un ángulo de la pista un poco retirado y ahí ¡me habla! Y no como aquél, tiempo atrás, que sólo habló para disculparse de no volver a dirigirme la palabra, porque yo acá vengo a bailar y no a dar charla, me dijo, y fue la última vez que abrió la boca. No. Éste me hace un comentario general, es conmovedor. Me dice vio doña, cómo está la crisis, y yo digo que sí, que vi, la pucha que vi aunque no lo digo con estas palabras, me hago la fina, la Sonia: Sí señor, qué espanto, digo, pero él no me deja elaborar la idea

12

porque ya me está agarrando fuerte para salir a bailar al siguiente compás. Éste no me va a dejar ahogar, me consuelo, entregada, enmudecida.

Resulta un tango de la pura concentración, del entendimiento cósmico. Puedo hacer los ganchos como le vi hacer a la del vestido de crochet, la gordita que disfruta tanto, la que revolea tan bien sus bien torneadas pantorrillas que una olvida todo el resto de su opulenta anatomía. Bailo pensando en la gorda, en su vestido de crochet verde —color esperanza, dicen—, en su satisfacción al bailar, réplica o quizá reflejo de la satisfacción que habrá sentido al tejer; un vestido vasto para su vasto cuerpo y la felicidad de soñar con el momento en que ha de lucirlo, bailando. Yo no tejo, ni bailo tan bien como la gorda, aunque en este momento sí porque se dio el milagro.

Y cuando la pieza acaba y mi compañero me vuelve a comentar cómo está la crisis, yo lo escucho con unción, no contesto, le dejo espacio para añadir

—¿Y vio el precio al que se fue el telo? Yo soy viudo y vivo con mis dos hijos. Antes podía pagarle a una dama el restaurante, y llevarla después al hotel. Ahora sólo puedo preguntarle a la dama si posee departamento, y en zona céntrica. Porque a mí para un pollito y una botella de vino me alcanza.

Me acuerdo de esos pies que volaron —los míos—, de esas filigranas. Pienso en la gorda tan feliz con su hombre feliz, hasta se me despierta una sincera vocación por el tejido.

—Departamento no tengo —explico— pero tengo pieza en una pensión muy bien ubicada, limpia. Y tengo platos, cubiertos, y dos copas verdes de cristal, de esas bien altas.

—¿Verdes? Son para vino blanco.
—Blanco, sí.
—Lo siento, pero yo al vino blanco no se lo toco.

Y sin hacer ni una vuelta más, nos separamos.

Cuchillo y madre

Se empieza simplemente queriendo cercenar. Después, hay toda una vida para ir averiguando qué.

Siempre un pasito más adelante, plus ultra como quien dice, con obstinación, siempre.

Tres son los protagonistas de esta historia: la hija, el cuchillo y la madre. También hay un antagonista pero permanece invisible y es mutante. Antagonista es todo aquel que entre los protagonistas se interpone, uniendo; o viceversa.

Planteadas ya las prioridades, haremos primero la descripción de los personajes y luego pasaremos a los hechos. O mejor dicho al lento y penoso desarrollo de una trama que la narrativa volverá ligera.

Ganador indiscutido de lo lento y lo penoso es el Tiempo, jugando a favor o en contra.

¿Qué más?

Lo demás será dado por añadidura.

Por lo tanto:

la hija tiene apenas cinco añitos cumplidos cuando empieza su camino de percepción que se arrastrará confuso por los años de los años.

El cuchillo no es un arma, es un vulgar cuchillo de cocina, contundente y filoso, eso sí, y el color herrumbre de su hoja es precisamente herrumbre, no lo otro, y el cabo de madera sólo está manchado de grasa animal y de aceite comestible, como corresponde.

De la madre basta decir que es bella.

La nena debe de haberse fijado muchísimas veces en la belleza de su madre, pero esta vez parece fijarse con mayor intensidad. Y sufre.

La bella madre está en su dormitorio, arreglándose para salir —una vez más arreglándose para salir, como siempre— y la nena está recostada en una reposera en el amplio corredor frente a la puerta de dicho dormitorio. La nena contempla, contempla, y le crece la angustia; debe de estar sufriendo de verdad con sus cinco añitos a cuestas y su cuerpito frágil y su cabeza enmarañada. Al ver a la madre vestirse, emperifollarse, piensa lo siguiente en forma no tan verbal:

yo me voy a levantar, en estos momentos me estoy levantando aunque no me mueva de esta reposera en la que estoy hundida, me voy a levantar me estoy levantando y voy a ir estoy yendo a la cocina y voy a buscar y en la mano lo tengo al gran cuchillo de la cocina, el enorme cuchillo de picar carne, de cortar papas, y me lo voy a clavar y es como si me lo estuviera ya clavando en la panza y mi madre después de mi muerte no se va a vestir de negro, mi madre va a seguir usando sus alegres vestidos floreados que tan bonito le quedan y pobre de mí, ¿quién va a sufrir cuando yo muera?

(y así, blandiendo un cuchillo que no le está permitido tomar de propia mano, la nena sin saberlo penetra en ese instante en el ambiguo reino de los símbolos, como en una ciénaga).

A los cinco años la nena se quiere matar, cree querer matarse para que su madre la llore; su madre ni se entera.

Y los cinco años pasan como tantos, con heridas que no son autoinfligidas.

La nena ya es grande, es una muchacha, es una mujer casada, el cuchillo puede que siga allí en algún cajón del hogar materno pero el hogar y por ende la cocina han cambiado varias veces y la madre nunca ha sabido nada del cuchillo ni lo sabe ahora porque no transita mucho por la cocina y quizá —eso nunca se puede saber— tampoco transite mucho por el alma de su hija.

A la madre cada tanto, en alguna discusión con la hija, en alguna pelea —digámoslo de frente— le da un berrinche súbito y empieza a los llantos. Vos me querés matar, le reclama a la hija, vos querés que me muera para heredar mis joyas (o para apropiarte de la casa, o para sacarme del camino, o para lo que fuere, cualquier motivo que corresponda a la orden del día). Vos querés matarme. Y el reclamo es una estocada directa al corazón de la hija que al no poder aguantar tanta injusticia, tanto dolor y oprobio, cae de nuevo en la angustia como en un profundo y correntoso mar con olas que la arrastran, la sumergen, y sólo puede respirar a bocanadas ávidas, desesperadas, y ese poco de aire parece querer explotarle en la cabeza y de nuevo se hunde.

La madre se anota un tanto.

La hija se desespera y lucha contra las olas, el oleaje a lo largo de múltiples mareas poco a poco va calmándose, en la superficie aparece alguna reverberación minúscula, extendiéndose, y todo vuelve a una paz acuosa que puede durar años hasta que revienta en un nuevo maremoto.

Vos me querés matar, aúlla la madre. Vos querés que me muera.

La hija sólo puede gemir como perro apaleado sin saber muy bien reconocer el golpe.

Hay algo cíclico en todo esto, hay un reclamo materno que trasciende a la madre y a la hija y las horada a ambas.

Hasta que cierto día, sin aviso, la hija le hace frente al reclamo materno y de alguna despiadada manera parece satisfacerlo:

y sí, le contesta a la madre, y sí, morite. Me lo decís tantas veces que por ahí tenés razón, sí, quizá quiera matarte, al fin y al cabo vos te lo buscás; sí, insiste, quiero que te mueras pero hacelo ya, no me hagas perder más tiempo, no me angustiés más, me estás jodiendo demasiado con esta eterna historia. Morite ya y acabemos con la farsa.

La madre sabe reconocer la ironía y sabe salirse con facilidad del papel de víctima cuando éste no la favorece. La madre cambia de actitud, se ilumina, levanta la cabeza, suenan las campanitas de su risa, retoma su belleza, su encanto, su seducción, su inteligencia, su compasión, su desenfado. En una de ésas hasta abraza a la hija, y toda pero toda la amenaza de muerte se olvida, enterrada para siempre por la risa materna.

La hija se siente liberada. Liviana. En ese aspecto, al menos.

La hija carga otros pesos y así pasan los años, y las fricciones y las chispas atacan por otros inesperados flancos y la van distrayendo.

Hasta que cierta noche, en una ensoñación o algo por el estilo, la hija vuelve a verse en aquella lejana escena de los cinco años: está en la reposera de lona, observando frente a la puerta del dormitorio las apariciones fugaces de la madre, a cada paso

18

más alegre y colorida. Vuelve la imagen de la imagen del cuchillo y de esa pancita infantil que sueña con ser tajeada. Lo que no vuelve más es el dolor: entra por primera vez la percepción clarísima de un hilo dorado, elástico, resistente, dúctil, que une a la madre con la hija y se estira y se estira como cuando la hija ya un poquito más grande anda como gato merodeando por las azoteas del vecindario o intenta sin demasiado énfasis escaparse de la casa.

Un hilo de unión dorado, maravilloso, persistiendo más allá de la muerte (de la madre), que deja a la hija satisfecha.

Un hilo dorado, y hay una nueva forma de liberación, mucho más fuerte que aquella vez cuando alguien le habló de envidia: envidia de la madre, del vestido, de la panza de la madre, etcétera. La hija se siente como quien ha tocado una puntita del secreto.

Hasta que un buen día retorna a su memoria el tercer personaje, el desdeñado. Vuelve el cuchillo que por algo estaba allí desde un principio. Y la escena se trastorna, se modifica y espeluzna:

la madre siempre tuvo razón, la hija quiso matarla. Pero no en los tiempos de pelea cuando las palabras se bastaban solas. Debe de haber querido matarla en aquel entonces, a los cinco añitos, con el cuchillo simbólico en la mano, y fue tal el espanto de ese deseo inconfesable que el cuchillo —imaginario— se volvió contra la imaginación de la deseante y la cortó para siempre de sí misma.

¿Para siempre? No. Sólo hasta ese momento. Hasta el instante de lucidez, digamos, cuando la hija supo que sí, que matar a la madre fue su oscuro deseo en la primera infancia. Un deseo tan atroz e imposible de reconocer que logró disfrazarse de otra cosa.

19

Y se sintió liberada al poder mirar de frente su deseo.

Y el deseo se le dio vuelta.

Y la imagen del cuchillo volvió a aparecer años después y esta vez su urgencia de cortar fue muy distinta.

Tengo que cortar el maldito hilo dorado, se dijo la hija que seguía siendo hija a pesar de la lejana (en el tiempo) desaparición de la madre (en el espacio).

Tengo que cortar el hilo, se dijo, pero no hizo nada y dejó transcurrir su vida saboreando el triunfo de haber tomado por fin conciencia de tamaña atadura.

Hasta que cierta vez bajo los árboles, cuando lo creía totalmente olvidado, el cuchillo se le apareció de nuevo y sintió que ya no se trataba de cortar o no cortar sino de agarrar finalmente el cuchillo por el mango, asumir lo que había sido cortado en el comienzo de los tiempos y no tratar más de explicarse nada de nada porque ya otros habían explicado todo eso hasta el cansancio.

Se sintió liberada, y

(Algunos dicen que a esta altura el cuchillo está mellado. No es cierto, sólo se ha ido achicando notablemente por obra de tanto afilador que al juntar su rueda con la hoja hizo levantar chispas, pero su filo es más agudo que nunca. Quienquiera que lo tenga, sabe: corta un pelo en el aire.)

Estrambote

Vivo a la vera del bosque, cosa que suena dulcemente bucólica pero en este caso es a más no poder urbana. Aunque fronteriza. Vivo en la frontera de lo que en otras ciudades se llamaría el bosque central, aquí apenas central en tres de los cuatro costados. En el cuarto el bosque delimita con la nada, es decir con ese río tan vasto que no deja ver la otra orilla.

Ahí vivo por elección. Me gusta. Y quiero aprovecharlo al máximo, para lo cual tengo perro que disfruta de cada árbol y de todo centímetro de tierra y no deja de husmear cada rincón y de marcar territorio como si fuera propio. Y por consecuencia, mío. Se me podría acusar de apropiación por vía del meo canino, si no fuera que somos muchos los que por acá paseamos o nos dejamos pasear por estos cuadrúpedos afables, los mejores amigos del hombre, como dicen. Los mejores amigos de la mujer, también, que buena compañía me brinda este bastardo.

Su certificado de vacuna antirrábica afirma: de raza mestizo. Gran cosa. Y le digo a los que preguntan la estúpida pregunta que se trata de una raza peruana (y perruna, naturalmente). Raza llamada cuzco, y el que quiere entender que entienda.

Se trata de un cuzco negro, simpático, cachorrón, efusivo, al que en la intimidad del hogar llamo el Supergroncho. En la calle responde —cuando se le

21

da la gana— al más culto apelativo de Sombra. Sí, es macho, vuelvo a aclarar como tantas veces en la calle. Sombra es el apellido. Lo llamamos por su apellido, como don Segundo (Sombra). Su primer nombre es a veces Nelson y a veces Ángel, pero no usamos ni el uno ni el otro: Nelson en homenaje a Mandela, y Ángel porque en algún lado leí que la manchita blanca que lucen ciertos perros negros es la marca del ángel. Éste lleva a su ángel en el medio del pecho como una afirmación, breve pero rotunda.

Es un cuzco mediano, peludito, orejita parada y cola mohawk algo cursi. Animal muy poco intimidante. Y sin embargo, la otra noche vivió su hora de gloria.

Habrá que tenerle más respeto.

Cuando se eriza tiene algo de hienita negra.

Chiquita, para hiena.

Era bien tarde cuando salimos con mi amigo a pasearlo entre los árboles. Y ahí no más, a la vuelta de casa, a metros del asfalto, le conocí el calibre. De mi amigo no puedo decir lo mismo.

En la noche de marras un hombre apareció de golpe, un tipo que dejó a sus espaldas lo que podríamos llamar la civilización y empezó a internarse en el bosque (urbano). El perro que no entiende de fronteras se le fue al humo, quizá queriendo defender a su caperucita (yo) de ese enemigo lobo. Se le fue al humo y lo chumbó a prudencial distancia y el hombre desatendiendo las sabias recomendaciones en semejante circunstancia desdichada no supo quedarse quieto y se empezó a sacudir, nervioso, sin saber hacia dónde enfilar.

—No se mueva, le recomendé mientras me iba acercando. No se mueva, es cachorro, no le va a hacer nada.

El tipo no estaba para sensateces y, como en corrido mexicano, echó mano a la cintura y una pistola sacó. Revólver o pistola de muy buen tamaño, debo reconocer, aunque desconozco detalles de balística.

—Agarre al perro o lo mato, me dijo el tipo. Le creí.

Le creí y por esos pasmosos milagros de la mente humana en la cual no puede una confiar en absoluto, no sentí ni una pizca de miedo, imprudente de mí. En el bosque aunque bastante cerca de la orilla. En ese descampado a las dos de la mañana sin un alma (¿y mi amigo?), sola sí con perro que le ladraba. Al otro. Perro chumbándole al chumbo. Incontenible.

Me acerqué parsimoniosamente para no alarmar a la dupla can-hombre que, revólver por medio como un hiato, como la célebre barra entre significado y significante, formaban un todo.

Estas sesudas reflexiones no las tuve entonces.

Apenas a duras penas las tengo ahora, ya lejos de toda amenaza.

Entonces tuve otra impensada salida que ahora no tildo de sesuda, sino de suicida. Porque fue sujetar al can (parsimoniosamente, ya lo he dicho), levantar la vista y tras fija observación del amenazado amenazador, exclamar con tono liviano:

—¿Qué hacés vos tan joven con un revólver?

Frase que ahora me suena —y sé que estoy en lo cierto— a lo más insensato de la tierra.

Pero en aquel momento, del alma, del más recóndito rincón donde se agazapan las exclamaciones que acabarán por perdernos, me salió la antológica frase: ¿Qué hacés vos?, etcétera.

Tengo colección de ésas. En otra oportunidad exclamé Soy una señora grande, cuando me quiso violar o algo parecido un colectivero despistado. Pero ésa es otra historia. Qué hacés vos tan joven con un revólver es la frase que hoy nos preocupa. A mí y a mi perro. Porque lo que es a mi interlocutor de aquella noche, la pregunta le resultó lo suficientemente lógica dadas las circunstancias como para contestarla

—Soy policía, me dijo.

Y logró despertar mis iras que hasta ese instante estaban dormitando a la deriva.

Policía, mascullé entre dientes, tenerle miedo a este cuzquito, vergüenza debiera darle, cagón, y pensar que pacíficas ciudadanas como una esperan que nos defiendan, policía, cagón, y para colmo prepotente.

Reflexiones sensatas todas ellas generadas por las circunstancias pero afortunadamente masculladas, espero, como ya estipulé, masculladas entre dientes, cargadas de veneno, sopladas con asco pero con cierta contención y medida mientras en el fondo del jardín, mi fornido acompañante y amigo se hacía el oso.

Acérqueme entonces a él y díjele Vayamos a la comisaría.

—¿A la comisaría? Estás loca. Vos sabés en qué país estamos, mujer, la cana puede ser peor que los chorros.

—Ese tipo tenía un chumbo.

—¿Y qué? ¿Te vas a arriesgar por eso? Lo menos que te puede pasar es perder el tiempo, que te tengan ahí horas y horas para tomarte la denuncia. Lo más, no sabemos. Y de todos modos, si él es cana, ¿qué vas a lograr denunciándolo?

—Nada. Lo voy a humillar, eso, lo voy a humillar. Imaginate, tenerle miedo a este cuzquito de morondanga.

En el camino, entre protestas, mi amigo me contó la historia de la mujer que oyó ruidos en su casa de campo y espió por la ventana y vio a alguien intentando robarle la bomba de agua. Puso a funcionar la bomba. El tipo huyó. A la mañana siguiente, en la correa del motor encontró un dedo cercenado. Y más tarde encontró el complemento: desde la puerta de la comisaría donde había ido a hacer la denuncia vio, a tiempo, al joven cabo con la mano vendada y la venda ensangrentada. Pudo huir, si huir es en este caso la palabra.

Digamos que escuché la historia con media oreja. Mi obsesión de humillar al maldito era más fuerte que toda sensatez. Y también mi miedo ¿qué hacía un hombre armado paseándose tranquilamente a la vera de mi hogar? Tenía una pregunta en la punta de la lengua

—¿Tienen ustedes personal de civil patrullando la zona?, formulé en tono digno al llegar a destino.

—No, me contestaron los azules con igual dignidad. En absoluto.

Y entonces me largué a narrar la vicisitud canina escamoteando el detalle de mis balbuceos indignados. Yo sabía, dije muy ufana, recalcando la rima. Yo sabía que no podía ser policía. ¡Tenerle miedo a un cuzquito de este porte!, me indigné para que no quedaran dudas del porte del cuzquito ni del indigno coraje del hombre armado.

Los azules resultaron bastante bonachones, debo admitir. Lo miraron a Sombra, sonrieron, me dejaron progresar en mi diatriba, llamaron a un tercero.

—Soy el subcomisario Fulano, dijo el tercero. En qué puedo servirla, dijo.

De civil ese tercero pero de porte imponente.

—Bueno, le dije, soy, le dije, vecina de la zona, y me pasó tal y tal cosa y yo sabía que no podía ser policía de civil como dijo porque claro, asustarse, ¿vio?, de este tierno animalito tan poco intimidante, bla, bla.

—¿Cómo era el sujeto?

—Era así, y asá, delgado, con bigote. Y cobarde. ¿Cómo puede ser que ande esa gente armada suelta por mi barrio?

—Hay personal de civil custodiando el hipódromo.

—Está lejos, el hipódromo.

—Sí, pero los muchachos se distraen mirando los autos estacionados en el bosque...

Con parejas (no lo dijo). Se distraen (dijo). Cómo (no lo dijo). Y yo —juro que no para vengarme, más bien para hacerme la que no registraba esa frase tan cargada de significados inquietantes—, y yo entonces quise dar vuelta al mostrador tras el cual se escudaba el subco y mostrarle de cerca al cuzco con ánimo de desprestigiar para siempre a su atacante.

—Ni un guardia del hipo... empecé a decir, minimizando a mi humilde perrito.

—¡No se acerque!, casi gritó el subcomisario.

¿No se acerque? Lo miré, interrogante, azorada. Espantada, más bien.

—Soy alérgico, aclaró el subcomisario, tarde.

Salimos medio corriendo de la comisaría, con mi amigo, porque no pudimos contener más las carcajadas. Y nos reímos por cuadras y cuadras en medio de la noche, hasta que por fin descubrí el motivo que me había llevado hasta la comisaría, arriesgando no digo mi libertad pero sí mi tiempo y aun, quizá, mi tranquilidad de espíritu.

Había ido, sencillamente, para conseguirle un final a esta historia. O más bien un estrambote.

El zurcidor invisible

Tengo que escribir la historia (y hablar del cuento) de mi alumna que fue apuñalada. La bella alumna (acá debo encontrar la palabra exacta):

transparente   prístina
etérea   blanca
    alabastrina
evanescente
¿virginal? (no, nada de categorizar)
medieval, distante.

(Una sola palabra debo encontrar, un adjetivo que la pinte de cuerpo entero. Si no, cualquiera podría contar esta historia.) Decir que era —es— muy rubia, etérea, son apenas aproximaciones vagas y se supone que yo soy la escritora, la maestra, y estoy acá para dar en el clavo. No estoy acá para contar esta historia que por secreto profesional debería permanecer incontada, al menos por quien no ha sido su protagonista. Pero la escritura no tiene profesión, y menos aún secretos.

Por eso empezaré a narrar desde el primer día de clase. La escena transcurre en un taller de escritores en pleno corazón de Manhattan. Alumnos universitarios de posgrado. Y ella fue la única ausente el primer día. Yo sólo tenía un nombre y a ese nombre no le correspondió rostro alguno.

La asaltaron, aclaró alguien. Es por eso que no vino.

¿Hoy la asaltaron?, inquirí contrita.

No, el otro día. Se está reponiendo apenas.

Pobre.

A la semana siguiente tampoco apareció la alumna. Asalto largo, pensé con cierta crueldad, sin saber nada de esta historia que hoy quiero escribir aunque no pueda. Aunque no encuentre la palabra exacta.

A la tercera reunión del curso apareció más pálida que nunca, importante detalle que yo habría de inferir con retroactividad. Es decir que en abril supe que en febrero ella había llegado a clase más pálida que nunca, blanca como la blanca nieve recién caída. El invierno ese año resultó despiadado.

Y ella poco a poco fue contando.

O fue contándome a mí, durante las llamadas horas de oficina que pueden llegar a transformarse en un confesionario o un diván, esas cosas del alma. Fue contándome lo que le había sucedido.

Y seguía usando el mismo tapado.

¿El mismo tapado?

El mismo: un abrigo de grueso paño jaspeado en tonos de azul y cobre que impedían ver la mancha si es que mancha quedaba después de su paso por la tintorería.

Sangre seca.

Una mancha de sangre, borrada también —eso habría de saberlo más tarde— gracias al paso por la oscura tiendita del zurcidor invisible, como allá lo llaman, un personaje tan de épocas pretéritas.

Quisiera encuadrar la historia alrededor del viejo que suturó la herida del tapado y supo de la mancha. Quisiera pero no puedo, y no por falta de imaginación o de pericia: se supone que soy la maestra, la conductora de un taller de zurcido no-invisible, de zurcidos por cierto bien visibles tratándose como se trata de letras negras sobre la blanca página.

La blanca era ella. El abrigo era oscuro sin por eso llegar a negro. Negro era el hombre que la apuñaló aunque en estos casos sólo se trate de una convención semántica. El hombre era de piel color castaño oscuro, confundible con la noche.

El color del puñal lo desconozco. Olvidé preguntarlo y ahora lo lamento (¿tendrá ella el puñal en su casa, guardado bajo vidrio, como un trofeo?). Podemos conjeturar: blanca empuñadura de nácar, negra hoja de acero. No, no escribo esto, hagamos de cuenta que el puñal no figura, no quiero inventar nada.

En la descomunal ciudad reinventada por mí, por todos nosotros y más por la pobre estudiante apuñalada.

Ella vivía —seguía viviendo— en un pequeño departamento compartido en un barrio indefinible, sin fama de dudoso como tantos otros barrios neoyorquinos. Hacía frío esa noche. Ella al salir del subte iba caminando rápido, quizá no demasiado rápido porque el correr no parece formar parte de su naturaleza (en el momento de tratar de definirla hubiera podido elegir la palabra lánguida; no habría sido una definición feliz. Ella no es lánguida, hay poco de sensual en ella, ella es más bien evanescente).

Pero quizá es evanescente ahora, después de haber perdido tanta sangre.

Quizá antes era más decidida, y caminaba con firmeza desde la boca del subte hacia su casa cuando la interceptó el asaltante. El asaltante no le reclamó ni la bolsa ni la vida, no le dijo nada y ése es uno de los detalles que más la desesperan. El asaltante se le abalanzó encima para arrancarle la cartera, los dos cayeron a la vereda cubierta de nieve, él sobre ella, quizá, eso queda poco claro, sí, él sobre ella, forcejearon algo, ella sintió un golpe seco bajo el omóplato izquierdo

(en aquel momento ella no ubicó el golpe anatómicamente, al principio dijo en la espalda, pero con el correr del tiempo le ha asignado su lugar exacto. Con el correr del tiempo y con su paso por las oficinas de médicos forenses).

Las palabras se van delineando. Escribilo todo, la conminé entre el tercero y cuarto mes de clase. Estábamos llegando al final del semestre, y ella sin poder manifestarse. Escribilo. Ese golpe.

Ella sintió como un golpe en la espalda y el ladrón vaya una a saber qué golpe sintió, qué dolor cuando por fin pudo ponerse de pie y huir sin la cartera.

¿No hubo testigos?

No había nadie en la calle. Eran casi las once de la noche, hacía mucho frío vos sabés no había nadie en la calle, era una de esas noches.

Ahora cuando salgas de clase, todas las noches de miércoles al salir de este taller, aquí presente, se hacen las once al volver a tu casa, ¿no tenés miedo?

Sí.

Escribí el miedo.

No sé escribirlo, no sé decirlo, el miedo no tiene palabras.

Todas las palabras son del miedo. Todas. Y no hay nada que no pueda ser escrito. Ahuyentá ese miedo escribiéndolo.

El miedo es mío.

Aquella noche, la noche cuando ella atravesaba el frío para llegar prontito a su casa, no tenía miedo. Y él saltó de un oscuro zaguán para plantarle el miedo. Bajo el omóplato izquierdo, diría después el informe forense aunque en aquel momento sin palabras no existían ni puñal ni miedo, sólo un golpe seco no necesariamente doloroso.

Él se puso enseguida de pie y huyó corriendo. A ella le costó recuperar la posición vertical a causa del hielo y otros obstáculos. Lo logró por fin y a su vez huyó, caminando huyó, como pudo, dándole la espalda al otro que corría en sentido contrario. Ella avanzó con la vista al frente sin saber de ese ojo abierto en ella por el otro, ojo que seguiría mirando al otro aun después de que él hubiese dado vuelta alguna esquina.

Mi alumna llegó a su edificio y el portero la saludó al entrar y ella le pidió que llamase a la policía, por favor, porque la habían asaltado. Lívida lo pidió, calma, como es ella, separada ya de sí misma. Llame a la policía, yo no puedo.

Pudo subir al ascensor, llegar hasta su departamento vacío, cerrar la puerta tras de sí, evitar desmoronarse.

Escribilo todo, le insistía yo varios meses más tarde. Si no se te va a quedar ahí clavado para siempre.

¿Qué escribo?

Lo que quieras. Tomá uno de los temas, uno de los elementos, y escribí alrededor de eso. Alrededor

31

de una acción, una actitud, un objeto, un personaje de esa noche. Lo que quieras. No necesitás mostrar lo escrito a nadie, ni siquiera a mí si no tenés ganas.

Ella entró a su casa aquella noche aciaga y quedó de pie en medio de la pieza como para ir entrando en calor, ir entrando en sí y recobrarse, no en el sentido de reponerse sino de recuperarse a sí misma, volver a entrar en ese cuerpo que —ella aún no lo sabía— le había sido horadado.

Ella sólo había percibido un golpe, allá en la calle oscura, y en medio de su pieza se sentía tan fuera de su propio alcance, en otro plano; pero el calor le iba volviendo al cuerpo y se lo iba configurando.

Intentó sacarse el tapado y no pudo. Por más que tironeara no pudo separar el abrigo de su espalda y entonces la sacudió un dolor agudísimo.

Lo hice para poder sacarme el tapado, diría horas después en el hospital, al recuperar el conocimiento.

Porque en su pieza al pasarse la mano por la espalda encontró la presencia inesperada. Ni el portero lo había visto: el cabo del cuchillo sobresaliendo del tapado y por lo tanto ahora puedo especificar mango negro, hoja blanca. Arma blanca.

Contra el tapado oscuro el portero no alcanzó a ver la empuñadura enhiesta. Tampoco vio —imposible verla— la hoja incrustada entre las costillas de la muchacha.

Ella ni pensó en el dolor o la sangre o la herida o algo semejante. Pensó que necesitaba quitarse el tapado y se arrancó el puñal como quien se arranca una enorme sanguijuela. Y oyó un silbido fino y persistente.

No un suspiro; un silbido de globo que se va vaciando.

Al pulmón tienen que volver a inflárselo y parece que no es cosa sencilla. Yo le digo escribilo, llenalo de palabras. Y agrego: escribí sobre el pulmón desinflado, la boquiabierta herida, o sobre el puñal, o escribí sobre el portero que no se dio cuenta de nada.

Personalmente yo bordaría la historia en torno de mi personaje favorito, aquel zurcidor invisible que le dejó el tapado como nuevo.

Pero cuando mi alumna por fin logra escribir, produce un breve texto sobre el retorno de los ojos del ladrón, fijos en los de ella, en el suelo, cara a cara. Y son ojos amantes.

El café quieto

Por suerte parece que a las mujeres nos toca el lado de las ventanas. Y el sol. A esta hora, claro, más tarde ya no habrá sol y quedaremos tan en la penumbra como los hombres. A ellos les toca la pared del fondo. Fondo desde nuestra perspectiva, digamos, porque quizá ellos, allá, piensen que nosotras somos las que estamos al fondo.

Tres hileras de mesas vacías nos separan, con sus respectivas sillas: dos por mesa, enfrentadas. En realidad las vacías son las sillas, porque ni siquiera las mesas ocupadas están lo que se puede decir llenas. Apenas un pocillo de café con un poco de borra, un vaso de agua y otro vaso —es mi suerte— con lo que se supone son servilletas de papel, simples cuadraditos de papel de panadería, prolijos, blancos, que ahora providencialmente me sirven para escribir estas notas. La pluma fuente la traje en el bolso. Creí que entraba acá a tomar sólo un café y que al rato salía nomás a reanudar mi vida cotidiana. Algo monótona mi vida, es cierto, pero mía. Con pluma en ristre firmaba pagarés, letras de crédito, órdenes de pago, cheques no siempre sin fondos —sólo últimamente sin fondos, para ser sincera ahora que ya nadie me interpela.

Las mesas de este café son de color verde oscuro, pintadas como a la laca, y patas color lacre. Las

35

sillas son de marco cromado y están tapizadas de un símil cuero del mismo tono verde de las mesas. Tapizadas, sí, resultan bastante cómodas, menos mal. Creo que pretenden ser lujosas. Esto último no lo logran, tampoco es importante en este café tan quieto, un poco dilapidado. Los techos son altísimos, las paredes están pintadas en tres sectores horizontales no simétricos, separados por una moldura del color verde imperante. El primer sector es lacre, como un zócalo hasta la altura de las vidrieras, cremita es el segundo sector, el más ancho, y el último es color cielo algo sucio, grisáceo. Los grandes ventanales antiguos, las vidrieras frente o mejor dicho de perfil a las cuales estamos sentadas las mujeres, tienen ancho marco de madera color ídem, así como la puerta vaivén de vidrio y el mostrador de madera pintado de color madera sobre el que descansa la vieja máquina de café express como una locomotora.

Las mujeres estamos sentadas en fila. No sé si esto es voluntario, casual o impuesto. Podemos observarnos la nuca y los peinados. Rara vez una de nosotras gira la cabeza y entonces cruzamos brevemente las miradas y nos sonreímos, apenas, con algo de complicidad y lástima.

Los hombres tienen un aire más decidido. Sus mesas están alineadas contra la pared como las nuestras contra las vidrieras, pero ellos no se sientan necesariamente de cara a las mesas, al menos no todos: algunos han girado sus sillas, o apoyan directamente la espalda contra la pared, y nos enfrentan. No por eso nos miran. O muy poco nos miran, no de manera franca, desembozada.

Con cierta envidia y por el rabillo del ojo —porque no sé si corresponde girar un poco la cabeza y mirarlos de frente— noto que a veces se han sentado dos por mesa. Nosotras estamos solas, individualizadas.

Me siento como en la escuela, frente a la hilera de pupitres, sólo falta el tintero pero quizá el café con su borra tenga algo que ver con el tintero y entonces la cucharita epónima haga a la vez de lapicera con su pluma. Tenemos mucho que aprender en esta escuela. Yo quisiera saber cruzar las piernas con la decisión de ellos pero la mesa no me lo permite. Quisiera intercambiar fichas con alguna compañera pero la disposición de esta parte del aula no me lo permite. Antes que nada debemos aprender a funcionar por cuenta propia y no como parte de la masa femenina de la cual, ahora, nos encontramos escindidas por el hiato configurado por la superficie plana de nuestras respectivas mesas —no más de cincuenta centímetros de lado— y por el corte vertical del respaldo de la silla vacía que nos enfrenta.

Contra la pared, los hombres deben de sentirse más seguros. A veces hablan entre sí, musitan. Hasta acá no llegan los murmullos pero sí un levísimo temblor del aire cuando mueven los labios. A veces, en un arranque que podríamos calificar de valentía, levantan la cabeza y emiten en voz decidida el vocablo *mozo*, como llamando.

Cuando suena esa palabra creo notar la aceleración de las hormonas en la nuca de algunas de las mujeres. Esa palabra, mozo, dicha así en voz grave, tan cargada de óoos, creo que también a mí me eriza los pelitos.

Reconozco que algunas de las mujeres, como la que está sentada justo delante de mí, no se inmutan por nada. Debe ser que llevan más tiempo —años

37

quizá— en este café tan quieto y saben, entre mil otras cosas, de la poca eficacia del llamado. El mozo vendrá cuando corresponda, sin ritmo fijo o previsible, o vendrá cuando se le antoje o cuando consiga más café. Nos llenará entonces los pocillos, nos mantendrá despiertos. A veces. Los hombres parecen dormitar más que nosotras pero también tienen actividades más agotadoras: leen el diario, quizá comentan en voz baja las noticias.

Con gusto le pediría el diario prestado a alguno de los que han dejado de leerlo, pero parece que acá eso no se estila. Mis compañeras seguramente también quieren un diario y sin embargo deben contentarse con espiar de lejos algún titular de primera plana en cuerpo catástrofe.

Cuerpo catástrofe. Me gusta la expresión, me identifica, aunque no desde el punto de vista tipográfico.

A veces de las mesas de los hombres nos llega el sonido de un gargajo. Es algo viril y abrupto. Rompe la calma de este café tan quieto donde ninguna de nosotras las mujeres atina a moverse, tan sólo a desperezarse tenuemente.

Yo aprovecho el espacio del sonido, algo más electrizado y solidario, para echar miradas de reojo. En la última detecté unos ojos verdes. Luminosos. Por un instante pensé que me miraban. Un instante. Verdes. No del glauco tono de las mesas —glauco laqueado que apenas nos devuelve un reflejo descompuesto del propio rostro como desde el fondo de un pantano de vegetación subacuática y viscosa—. No, ojos como de mar, de aguas cambiantes.

Podría mirar hacia la calle, sentada como estamos las mujeres, pero los vidrios están sucios o empañados o quizá bruñidos por las tormentas de polvo que últimamente asuelan la ciudad.

Muchos deben de haberse refugiado en este café por eso. Por las tormentas, la crisis, la desocupación, la desesperanza. No podemos mirarnos, no vemos hacia fuera. Sólo sé que en este ámbito hay unos ojos verdes que quizá en este preciso instante estén mirándome. Del mundo exterior nos llegan sonidos en sordina.

Gracias a los opacos vidrios, no nos llegan miradas, y eso para mí es un consuelo: nadie vendrá a reclamarme la firma, nadie vendrá a reclamarme nada de nada y puedo seguir con estas anotaciones. El problema sobrevendrá cuando se me agote la tinta y se gaste hasta la última servilleta de papel y se acabe el café, y se diluya el mundo.

Los hombres ni se inmutan, los diarios que leen siguen siendo los mismos. Estamos y no estamos. Empieza otra ronda del mozo, los ruidos de la calle casi han desaparecido. Siento que el de los ojos verdes se está por poner de pie.

Alguien tose.

Tormentas

El deseo hace subir las aguas

El deseo, como la luna llena, hace subir las aguas. Sí. ¿Pero el deseo de quién, en este caso? ¿El de ella que quería pasar su noche de bodas a orillas del canal? ¿El de él que quería pasar su noche de bodas, simplemente? ¿El del canal que quiso verlos de cerca, meterse en cama con ellos, en lo posible?

Se acababan de casar dos días antes. Ella no había reservado su cuerpo hasta la boda: había reservado su emoción.

Se habían conocido en la facultad, juntos se recibieron, empezaron a trabajar y ni tiempo tuvieron de compenetrarse con las voluptuosidades de la carne. Pero al año se fueron a vivir juntos y pudieron intuir que la voluptuosidad los esperaba a la vuelta de alguna esquina esquiva.

Cierto día la esquina tuvo nombre: Venecia. Ella lo pronunció primero y al oírlo a él le tembló la mano que por esas cosas del destino se encontraba muy cerca de los pechos de ella. Con ese leve roce involuntario, erizante, ambos comprendieron. Y ahí mismo se pusieron a armar planes en pos de esa Venecia que ya andaba alborotándoles la sangre.

Y por fin había llegado el momento del milagro tan largamente entrevisto, percibido. Se habían estado preparando durante meses, se habían reventado trabajando para poder pagar los pasajes. Hasta habían decidido casarse formalmente para que esa noche tan ansiada fuera la noche de bodas, la verdadera, y algunos familiares habían optado por regalarles plata y con esa plata ellos podrían pasearse un poco por Europa y más que nada pasar la primera noche (esa noche de amor y de amor a Venecia, a Europa toda que hasta ese momento sólo habían visto en los folletos y guías de viajes que ambos devoraban), pasar la primera noche en el hotel Danieli a orillas del Gran Canal y dejar que su cama esa noche fuese una góndola meciéndose en las aguas del deseo.

Esas cosas. Esos sueños a punto de realizarse.

La tarde en que todo estuvo ya claramente establecido ella fue al registro civil a concretar la fecha, él se dirigió al centro rumbo a la agencia de viajes a hacer la reserva del hotel tan codiciado. En el camino se encontró con amigos, fueron a tomar unas copas para festejar y festejaron como locos y cuando volvió a casa a altas horas de la noche la encontró a ella dormida pero la despertó para contarle que había tenido su despedida de soltero, y ambos rieron.

Y juntaron más y más información sobre Venecia, y fueron a la embajada de Italia, y consiguieron libros y así supieron que en el siglo XVII el carnaval duraba seis meses en Venecia, y enfundados en negros dominós y disimulados tras las máscaras todos eran iguales a todos y ya no se sabía quién hacía el amor con quién y ellos estaban dispuestos a ser en su noche de Venecia todos el uno para el otro, y los planes eran de una ambición tan galopante que sólo la desmedida dimensión de su deseo podía hacerlos viables. Y leyendo se enteraron de que en el siglo XVII, en Venecia, el juego había sido decretado eterno, universal y violento, y ellos se volverían eternos, universales y violentos esa noche en Venecia. La única noche, porque después del sibarítico desayuno en los barrocos comedores del Hotel Danieli, que se tragaba el presupuesto de todo un mes de viaje, lo poco que restaba de la luna de miel transitaría por destinos más triviales.

Se casaron, y del almuerzo con la familia partieron directamente rumbo a Ezeiza, se sacudieron el arroz, subieron al primer avión de sus vidas, no permitieron que el entusiasmo se desbordara en efusiones, del aeropuerto en Roma corrieron a la Stazione Termine, del tren al vaporetto sin mirar el paisaje, y ya se había hecho oscuro y Venezia, Venezia surcada de reflejos y esa cama que los estaría esperando.

Estar estaba, la cama, pero al costado, sin esperar a nadie, como ofendida por no haber sido finalmente reservada; desplazada, ciega. Ciega no la cama, en realidad, sino la ventana. La habitación no miraba al canal, miraba a una pared sombría a pocos metros de distancia, miraba a las espaldas de Venecia que son espaldas cualquiera, sobre todo vistas así, en la oscuridad y con el bruto cansancio.

Ella entonces se negó a que él la tocara. Hasta se negó a desvestirse. Sos un inútil, le espetó, la idea era con canal y acá estamos como en la pieza de doña Paula de nuestras primeras citas, algo más lujosa y muchisísimo más cara. Así no vale, así no quiero, para esto nos hubiéramos quedado en Barrio Parque.

Él rió, lloró, pataleó, bramó, estuvo a punto de golpearla, se dio la cabeza contra la pared, aulló, imploró. Ella sólo lloró, incontenible. Él sacó de la valija las capas negras que habían traído para esta oportunidad, las máscaras venecianas que alguien

45

había tenido la genial idea de regalarles. Y nada. Él se puso el dominó, jugó al embozado, gritó *Oé* como sabía gritaban los gondoleros aunque no los habían escuchado todavía —la ventana no daba al canal, le recordó ella entre hipos, con los ojos rojos, indeseable.

Pero él la deseaba cada vez más, o deseaba esa noche, esa noche del hotel Danieli, y deseaba y deseaba, y se iba de cabeza contra la pared como ya estipulamos, y ella cada vez más inaccesible, sumergida en su llanto. Él la quería poseer a ella, a todo lo que juntos habían soñado durante largas noches en vela mientras se olvidaban de estar juntos, o no se olvidaban, no, sólo iba acumulando ganas para este momento. Esta frustración.

Él se puso a interpretar personajes para ella, para que amainase el llanto. Él se convirtió en un exhibicionista solapado y su falo apareció enorme y rojo, deslumbrante, desconocido entre las dos cortinas de la capa negra como en un escenario. Ella seguía llorando, ella quería un canal; parecía dispuesta a fabricarlo con sus lágrimas. Él fue entonces un feroz asesino decidido a matarla. Ganas de estrangularla no le faltaron y se le tiró encima, pero no era lo mismo, no era lo misno. Él quería esa entrega absoluta que Venecia prometía, y ella quería entregarse a orillas del canal. El juego es eterno, universal y violento, quizá pensó él y cayó agotado sobre la espesa alfombra a los pies de la cama. Sólo entonces ella optó por desvestirse, se amortajó en las sábanas de encaje, apagó la luz del velador y se quedó dormida anegada en lágrimas.

Y los despertó la luz del día porque habían olvidado correr los cortinados, y entraba una brisa intensa y los distrajo de su encono un maravilloso reflejo en el techo, una reverberación feérica de cambiantes colores que se ondulaba y mecía allí, en el blanco cielo raso recargado de estucos, un caleidoscopio de luz que era como agua y de golpe ella supo y trató de encontrar la palabra porque la había leído en uno de los libros y no encontró la palabra tan exquisitamente veneciana y quedó diciendo es la, es la, la, hasta que por fin tomó fuerzas para saltar de la cama y correr a la ventana y como ya no había más cristales pudo asomarse del todo y sí, ahí estaba el canal, al pie de la ventana, casi al alcance de la mano, y su reflejo en el techo era esa fata morgana y ella ni se dio cuenta de que se estaba cortajeando los pies en un mar de vidrios rotos que dentro de la habitación también captaban los reflejos de esa agua casi límpida ahí abajo.

Él fue convocado a la ventana, fue perdonado, abrazado, besado, chupeteado, sorbido. Él supo del canal y de los besos, tampoco él notó los vidrios ni sus por consiguiente ensangrentados pies. Por suerte no se tiraron sobre el piso, corrieron a la cama dejando marcaciones de sangre.

Y cogieron cogieron y cogieron mientras Venecia lloraba la pérdida de tanta obra de arte, de salones enteros, de tanto mueblecito rococó y tanto cuadro de maestro a la deriva. Y cogieron sin ver a las nobles damas venecianas bogando sobre mesas dadas vuelta, empujadas a nado por algún amante fiel o su lacayo, retornando a sus respectivos hogares donde legítimos esposos estarían aguardándolas desde la noche anterior mientras trataban de salvar sus pertenencias del desastre. Y ellos cogieron y cogieron sin saber que los fastuosos salones del Danieli no podrían recibirlos para el sibarítico desayuno que se habían prometido porque dichos salones se encontraban sumergidos bajo el agua por culpa de la más feroz tormenta con inundación en la historia de la Serenissima.

Corría el año mil nueve sesenta y seis, y ellos cogían.

Viaje

Anoche una vez más lo llamé a Carlos. Volví a escuchar su voz en el contestador y corté. ¿Por dónde andará ese desgraciado?, me pregunté. Ese desgraciado que no da señales de vida desde el otro domingo, y lo pasamos tan bien juntos, fue tan tierno. Por eso mismo, me digo, por eso se escapa, y el entender o el creer entender no me ayuda para nada, siempre es igual, Carlos toca y se va, como si jugara a la mancha. La mancha venenosa, para colmo, y sé que no tendría que llamarlo tanto por teléfono y de todos modos nunca está en su casa y me pregunto dónde andará, por no preguntarme con quién.

Él fue el primero en mencionar la palabra amor. Y yo le dije que cuando la oigo me da el síndrome de Goering, o de Goebbels, ya no me acuerdo cuál: cuando oigo la palabra amor saco la pistola, le dije a Carlos. Qué bruta. Ahora me gustaría que estuviera acá y no me animo ni a dejarle otro mensaje en el contestador. Parece que ahora se le antoja jugar más a las escondidas que a la mancha. Y bueno, si es así yo también voy a entrar en el juego. Y cómo. Ya va a ver.

Es temprano, estoy lista para ir al yugo, decido cambiar de rumbo y enfilar mis pasos hacia la agencia de viajes para cobrar mi premio del millaje. Me voy a alejar todo lo posible de esta zona del mundo donde Carlos circula sin mí.

Tengo más de cien mil millas acumuladas, así que puedo irme a cualquier parte sin preocuparme por distancias. Al sitio más lejano, más remoto, más barato, más excitante. Nueva Delhi, pongamos por caso. Eso. Y después que Carlos me eche los galgos o me pregunte a mi vuelta ¿dónde te metiste que hace tiempo que no te veo? y yo le voy a contestar como si nada: en la India.

Así no más. Como me oyen.

Llamo a mi oficina para decirles que estoy con gripe. Virósica. Galopante. Así a ninguno se le da por visitarme. Virósica y con el teléfono descompuesto, ese virus de la comunicación tan de nuestros pagos. Pobre, dijeron, que te mejores, dijeron, que se te arregle el teléfono o alquilá un Movicom, dijeron, los muy malditos, sabiendo lo que cuesta un Movicom.

En la India con tres guitas me arreglo. Y después me río.

Me río de todos ellos y sobre todo de Carlos, el muy maldito. Nada tengo contra Carlos, que quede claro, pero me harté de seguir esperándolo. Si se va sin avisarme, yo me voy más lejos. El millaje lo tengo acumulado por viajes de la oficina. Me mandaron de correo unas cuantas veces, ida a Miami, vuelta de Miami, ida a Nueva York, vuelta de Nueva York. Viajes sin tiempo para ir a un museo o a divertirme un rato, nada. Ida y vuelta para así ahorrarse el hotel, los muy sórdidos. Yo acepté con la idea de ir acumulando millas para el premio, y dos veces me tocó eso del triple millaje, y la ilusión. Ahora ni soñar con irme a París que era el sueño inicial. No tengo ni para un día de hotel y comida. Pero la India dicen que es muy barata. Mejor Calcuta que

50

Nueva Delhi, más pintoresca. En la compañía aérea me dirán.

En la agencia me dice —uno de ojos verdes, vale la pena escucharlo— que tengo millas acumuladas como para llegar hasta Bali, ellos ahora tienen pool con otras compañías. ¿Largo, el viaje? pregunto. Y sí, como tres días, pero tiene boleto abierto, puede hacer tres escalas, quedarse hasta un año por ahí.

Bonita perspectiva, pienso, con 550 dólares por todo capital y siete días hábiles que es lo que me conceden por enfermedad, ni uno más. Pero acostumbrada a los aviones se puede decir que estoy acostumbrada, y entonces lo busco al flaco Irazabal que me debe favores y él me consigue el pasaje para esta misma noche sin siquiera pagar los 100 dólares por urgencia, menos mal.

No me faltan las ganas de llamar a Carlos y dejarle algún mensaje críptico en su contestador, porque no va a estar en casa, nunca está en su casa últimamente. Me contengo, el elemento sorpresa es crucial en este plan y además tengo mucho que hacer: correr a la embajada de Indonesia para la visa, lavar alguna pilcha y secarla con la plancha, armar el bolso. Voy a ser una pasajera en tránsito, dormiré en aeropuertos, comeré en los aviones, sólo tomaré algún trago cuando sea gratis, seré libre. A Ezeiza me voy con anteojos negros y un pañuelo en la cabeza, por si anda por ahí alguien de la oficina. El resto va a ser pan comido.

Una vez leí un artículo sobre un millonario excéntrico que decidió no ser ciudadano de ningún país, o ser ciudadano del mundo, y sin documentos deambuló durante dos años de sala de embarque a sala de tránsito, de un avión a otro y a otro. Por todo el mundo. Pagaba su tarjeta de crédito por correo rigurosamente, desde algún aeropuerto, pedía la cuenta por teléfono desde algún aeropuerto, alguna vez alguna azafata ofició de enfermera, vaya una a saber cuántas oficiaron de amante. Era un hombre grande, desilusionado. Pero se divertía: hablaba con los distintos pasajeros de diversos aviones en múltiples idiomas, a algunos les contaba su historia. Una diría que la historia se le enriquecía poco, de un aeropuerto al otro sin nunca pasar por migraciones, pero vaya una a saber. Quizá la suya era la más rica de todas las historias. Tenía periódicos del mundo entero al alcance de la mano, las mejores bebidas, los seres más estrafalarios, los que viajan en primera. Su ropa interior se la lavaba en los baños de los aeropuertos, la secaba bajo el aparato de secarse las manos. La tiraba a la basura cuando se hartaba, se compraba pilchas nuevas en aeropuertos como el de Miami que tienen de todo. Parece que regularmente volvía al Charles de Gaulle, allí tenía un grupo de amigos en una compañía aérea. Lo abastecían de lo esencial y callaban. No necesitaba más. Resultaba sospechoso pero inofensivo. Cuando lo querían agarrar en un país, ya estaba en otro. Compraba los boletos en la puerta de embarque, a punto ya de salir el avión, no era fácil rastrearlo y en el fondo a nadie le importaba.

Quizá yo me convierta en un personaje así. Al menos por tres días sabré lo que él sintió. Y Carlos desesperándose por mí. Espero.

Sin pasar la frontera de migraciones, por tres días me sentiré ciudadana de ninguna parte. Algo bien distinto a sentirse ciudadana de tercera como de costumbre.

Yo no soy una ciudadana de tercera. Sólo Carlos me hace sentir así cuando no aparece. Y cuando aparece a veces también: me siento mendigando mimos, reclamándole. Todo un desastre. Ahora no voy a pedir nada a nadie. Por unos días voy a ser una reina, con mis 550 dólares en Bali. La bellísima Bali. Eso me dicen. Que mendiguen los otros, que me pidan a mí.

Estoy acostumbrada a viajar liviana. Lleno la mochila, dejo el teléfono descolgado, pongo cara de mártir y le digo al portero que estoy enferma y me voy por unos días a casa de una prima que me va a cuidar. Por si acaso, se lo digo. El pasaporte palpita en mi bolsillo.

Carlos no me quiere, es obvio. Y yo me estoy tomando todo este trabajo por alguien que no me quiere. Me pregunto si yo a mi vez lo quiero de verdad a él.

No sé. Tomo el colectivo 86 que va a Ezeiza. El viaje empieza cuando usted sale de su casa, cierra bien la puerta con llave, sabe que al volver será otra. Si tiene gato regale el gato, con las plantas haga como yo, ahóguelas en agua y deles un beso de despedida. Son sólo diez días, les dije.

Dos malvones, una begonia y un ficus chiquito que me regalaron. Las voy a extrañar, y eso que si hay alguien acostumbrada a los viajes, ésa soy yo. Pero éste es distinto y sé que las voy a extrañar.

Mi material de lectura es estrictamente de viaje: los folletos de Bali que me dieron en la embajada y las revistas que me darán en el avión. Llevo un cuaderno por si se me ocurre anotar ideas sobre Carlos o frases de él, que borraré cuidadosamente para írmelo sacando de la cabeza. Llevo como cinco lápices de la oficina, de esos con goma en la otra punta. Llevo también una goma blanda porque de eso se trata. Voy a anotar cosas de Carlos y las voy a ir borrando. Cuando vuelva éste va a ser de nuevo un cuaderno en blanco, pero todo borrado. Ya me gusta.

Por lo pronto escribo: ficus, malvón rojo, malvón blanco, begonia. Y borro con ganas. No hay que tener piedad, en un viaje como éste no debemos cargar lastre.

Y eso que ni pasamos la General Paz.

Mañana no sólo será otro día, será otra parte.

Ya quiero estar en mañana, quiero estar en Bali y de vuelta de Bali. Quiero estar contándole el viaje a Carlos con lujo de detalles. Esta última frase la anoto y la borro con furia. Voy a tener que contenerme para no agujerear el papel. Igual, no debe escapárseme palabra alguna sin borrar.

Empiezo a arrepentirme de no haber comprado un cuaderno más gordo, más sólido. Después me arrepiento de haberme arrepentido: en un viaje sólo se puede ir hacia adelante.

Viaje. Mi único, verdadero viaje, y eso que el pasaporte lo tengo lleno de sellos. Los viajes de trabajo no cuentan. ¿No van a sospechar de mí, tanto ir y venir, y ahora a Bali? Sospechosa me siento: un boleto gratis, 550 dólares como todo capital, tres mudas de ropa interior bastante usada, dos blusas, tres o cuatro remeras, una campera de nylon, un suéter para el avión, zapatillas, cosméticos, preservativos (never leave home without them) para hacerme ilusiones, dos pares de pantalones por si se moja uno como decía mamá —la palabra mamá la escribo toda con mayúsculas y la borro bien rápido, el cuaderno se está haciendo rico en marcas y así llego a Ezeiza y me pongo en la cola y después espero en la sala de embarque mientras los demás pasajeros están en el duty free comprando como locos. Antes de salir, ya.

Todo esto no lo anoto, no voy a perder espacio borrando nimiedades. Porque no hay sobreescritura, no hay sobreimpresión posible.

Lo más valioso que llevo conmigo, además del pasaporte, es el lexotanil. Voy a tratar de dormir a pata suelta en los aviones, los múltiples aviones; Garuda Airlines se llama la última compañía, sólo empezaré a despertarme cuando aborde Garuda Airlines. El resto me tiene sin cuidado. Garuda era el ave mítica de Vishnú, dice uno de los folletos. A Bali no se puede llegar en otras alas.

Hasta Río rememoré, sopesé y anoté cinco frases de Carlos: "ni vale la pena que te arregles, sos demasiado inteligente para ser linda", la primera. Las dos siguientes eran más cariñosas y ya las olvidé, la cuarta y la quinta pueden resumirse en una sola: "la mujer debe ser como la tierra viviente". En aquel momento le pregunté cómo debe ser entonces el hombre, si como la generosa lluvia que perfora la tierra viviente o como el granizo o algo así, y me temo que fueron ironías de ese tipo las que lo alejaron de mí.

Una vez en la seguridad del Galeão, con pausado esmero borré estas frases letra por letra, coma por coma y cada punto y cada signo, minuciosamente, para que no quede ni el recuerdo, y ya tengo dos páginas completas de borraduras, vamos por buen camino. Así es como decido tratar de escribir en vuelo, borrar en los aeropuertos, con los pies en la tierra. Se va haciendo camino. Entrego al subir la tarjeta de tránsito, el ticket de embarque lo guardo con cuidado dentro del forro del pasaporte.

Juntaré unos cuantos a lo largo del viaje. Es lo único que pienso acumular, como prueba. La palabra prueba no me gusta, pero es la palabra. Necesito pruebas. Este es un viaje de prueba. Si usted lo prueba se lo lleva. Eso.

Mi única preocupación ahora es no perderme las comidas. Se lo digo a una azafata: por favor, despiérteme para el desayuno. Ella dice que sí. De todos modos, éstos son estrepitosos, despiertan a todo el pasaje, prenden las luces de golpe, los viajeros empiezan a charlar a gritos, se pelean por los baños. Yo tengo tiempo, yo no tengo que hacer la eterna cola de migraciones ni esperar las horas de las horas que aparezca mi equipaje en el carrusel. Puedo tranquilamente mirar por la ventanilla, ver la madrugada de Nueva York, descubrir cómo se va delineando la emocionante isla de Manhattan y reconocer algunos edificios y saber que no allí, esta vez para nada allí, nadie me estará esperando para que le entregue los envíos y después nada, ómnibus a la ciudad, dar unas vueltas cuando no me carcome el frío, y otra vez de regreso como si nunca hubiera estado en Nueva York. Ahora tampoco estoy, pero esta vez de verdad sin estar, apenas en la tierra de nadie de las salas de tránsito donde por suerte hay baños y me lavo un poco y todo eso. Hoy no soy la paloma mensajera, como quizá con cariño me llamó Carlos a poco de conocernos. Eso lo anoto y lo borro y lo vuelvo a anotar y a borrar, cubriendo nuevas líneas, cien veces anotar paloma mensajera, pero no vale la pena, ni anotar cuando me creyó contrabandista y claro, resultaba más romántico que ser la humilde empleada de una agencia de courriers.

56

Se empieza a hacer sentir, el viaje, y es larga la espera para el trasbordo y tengo que recorrer largos corredores y avanzar por cintas transportadoras y llegar hasta el otro extremo del Kennedy para abordar el avión que me llevará a un París que tampoco he de ver.

De la ventanilla, pienso, intuyo, lo espiaré desde la ventanilla y algo más sabré de París, o al menos de más cerca.

De ilusión también se vive. Y se vuela.

Todas esas horas despierta, cruzando el Atlántico Norte, para llegar agotada al momento de abróchense los cinturones, un poco prematuro por eso de la turbulencia y la niebla. La niebla densa ni siquiera atravesada por la aguja de la célebre torre. Un fiasco total el aterrizaje en la tan esperada, pero yo voy a Bali. Y aprovecho que estoy —al margen pero estoy— en la ciudad luz, capital de la moda y todo eso, para ponerme ropita fresca y perfumarme un poco. Con el mismo perfume que me traje de Baires, el que me regaló Carlos y va quedando poco y Carlos nunca más me hizo un regalo que valga la pena ser anotado en el cuaderno, aunque allá los tengo a todos en mi mesa de luz, hasta el boleto capicúa, bajo el vidrio.

Ahora yo me siento bajo vidrio, como en una pecera. Efecto de tanto encierro, me digo, de no haber respirado ni una gota de aire bueno desde que salí de la epónima. O más bien viceversa, desde que salí de Buenos Aires ni un poco de los ídem pasaron por mis pulmones hechos ya al aire usado, enviciado, climatizado, enrarecido.

El sueño pertenece ahora a otra dimensión, la intensidad del viaje me mantiene en una especie de constante duermevela. No importa. Ya me tragué de arriba abajo los folletos, ya sé que me iré a Legian o a Kuta, al llegar a Bali elegiré la playa de la salida o la de la puesta del sol, según mi estado de ánimo, y sé que las dos son baratas y pobladas de turistas, alegres e insomnes. Como yo ahora, al menos esto último.

Un premio me merezco. En el último tramo escribí bastante y ahora borro y borro con precisión sin acordarme ni una palabra de lo escrito.

De París a Nueva Delhi sin escalas, vía lexotanil sin escalas, o sí, sólo escalas de algún trago y comida cuando nos sirven, cuando me zamarrean porque así lo pedí y me dan la comida y yo apenas abro los ojos para saber dónde meto el tenedor o la cuchara y después si te he visto no me acuerdo. Carlos.

¿Quién cambió de avión en Nueva Delhi? Debo de haber sido yo porque ahora estoy en una atmósfera toda azul, tapizados azules y esas cosas, y me atienden azafatas vestidas con sari. En todos los aviones los baños son iguales, a esta altura del viaje me siento como en casa en esos bañitos microscópicos, vomito un poco, me lavo los dientes y decido devolverme algo de color a las mejillas. Colorete, rouge, y rimmel en las pestañas, como en los buenos viejos tiempos del no-viaje.

Medio mundo, me digo, al levantar un poco la persianita de plástico y ver el tercer o cuarto amanecer del viaje. El hombre a mi lado me sonríe. Dormimos juntos y ni siquiera nos hemos saludado, me dice. En inglés. Es un tipo lindo, al rato de charla me arregla la manta que se me estaba cayendo. Mientras dormía la tapé, me dice, me gustó taparla y verla dormir y creo que me agradeció en sueños.

Yo quisiera dormir un poco más pero él insiste, mientras a diez mil metros por debajo de nuestros pies se despliega todo el exotismo del mundo. Me convida con un whisky y se lo agradezco, he estado tomando agua y agua como para cruzar el Sahara porque eso me lo recomendaron hace mucho los que saben de vuelos a larga distancia.

¿Está casada, tiene novio? me anda preguntando mi vecino mientras levanta el apoyabrazos que nos separa. Así va a estar más cómoda, me dice casi con un guiño, y yo le digo gracias, prefiero del otro modo, y sí, estoy en pareja, le digo un poco hiperbólicamente y me sorprendo. La frase siempre me pareció ridícula pero quise decirla: en pareja, aunque en inglés suene diferente.

Y eso que está bueno, el hombre, y confieso que se me cruza por la cabeza la idea de un rato de acercamiento, así, bajo las mantas, como quien en el aire borra lo que dejó atrás, en tierra. Pero no. Él insiste y pregunta si estoy enamorada. No es una pregunta muy usual en un desconocido, es una pregunta que más bien nadie debe hacer, y contesto que sí sobre todo para ahuyentarlo, para alejar esa tentación que podría apartarme de mi propósito. Sí, le digo, aunque no puedo obligarme a repetir: estoy enamorada. Sí, insisto, y él queda callado y yo puedo meterme en esa frase y tratar de verla a la luz de una posible verdad, pero caigo una vez más en el sueño y me pierdo.

Bangkok, creo que se trata de Bangkok, Bangkok es calor y encierro dentro de mi cuaderno; yo sólo necesito pausas para reconocerme de alguna forma, re-reconocerme. Abro mi pasaporte, y la foto poco tiene que ver con la cara que vi minutos antes en el espejo del baño. Otro baño de aeropuerto, otro espejo, los ojos cada vez más encapotados, enrojecidos, el pelo ya indomable. En la foto casi no me reconozco, en el nombre y los datos sí, me repito el nombre, repito y repito hasta que recuerdo mi deber: borrar todo lo escrito últimamente. Borro ya casi hasta las últimas páginas del cuaderno, donde por supuesto no escribí mi nombre.

Ahora en este último tramo por fin en alas de Garuda no tengo a nadie al lado y puedo estirarme en los tres asientos. Nadie para taparme con la manta, ese gesto de ternura que sólo ahora aprecio.

¿A quién amo? ¿Al Carlos aquel que no me abriga o al fugaz desconocido de la manta? El sueño no me trae respuestas.

¿Me las traerá la escritura que borro sin consultar siquiera, sin pensarla?

Borro como voy a borrar a Denpasar, la aburrida capital de mi Bali por fin alcanzada. Es ésta la única frontera cruzable para entrar en otro mundo, frontera con migraciones y aduanas y tantas sonrisas doradas, tersas. Con dioses de furiosa cara de bulldog dándome la bienvenida. A esta altura del viaje yo sólo quiero llegar a algún módico albergue en una playa, meterme bajo una ducha y tenderme en una cama. En Denpasar son las siete y media de la tarde, en mi reloj son las cinco, vaya una a saber si de la mañana o la tarde, y de qué día.

¿Dónde te metiste? le pregunta Carlos cuando se encuentran. Estuve muy enferma, le dice ella. No estabas en tu casa, en tu oficina no sabían, reclama él. Estuve muy enferma, insiste ella. Sí, todavía se te

60

nota, estás pálida, parecés más frágil, más suave, qué sé yo, como cansada pero linda, me gustás mucho.

No importa, dice ella.

Tardó meses en mencionar su muy breve viaje a Bali. Por fin un buen día, quizá para justificar su renuncia al trabajo, se lo narró a una amiga. El viaje hasta allí; no el tiempo pasado en la isla.

Y Bali cómo es, contame, dicen que es un lugar maravilloso, le preguntó la amiga. No sé, contestó ella simplemente. ¿Cómo no sabés?, por poco que hayas estado, es una isla chiquitita, habrás visto un montón. No me acuerdo, no me acuerdo de nada. De algo te acordarás: los colores, la comida, los templos, los arrozales, las ofrendas, algo, vi muchas fotos de Bali en alguna revista. No me acuerdo de nada, es como si no hubiera estado ahí, quizá se me fue la mano con el lexo durante el viaje, vos sabés que no estoy acostumbrada, quizá fue el famoso jet-lag o la desorientación, pero la verdad, no me acuerdo.

Para demostrarle a la amiga que no todo era fábula fue a buscar las tarjetas de embarque. ¿Y cómo pudiste hacer un viaje de vuelta tan complicado, si estabas tan ida?, insistió la amiga. Fue fácil, volví vía Sydney, vuelo directo a casa. Diste la vuelta al mundo, dijo la amiga. Y sí, se disculpó ella, tenés que empezar el vuelo con la compañía que te da el pasaje, pero la vuelta ya no importa.

La vuelta ya no importa. Eso al menos lo tenía claro. Lo otro: algún fogonazo, como la voz que le habla del festival de la luna llena en el templo de Besakhi, el templo madre, dice la voz. No debe ir a la playa, la playa es impura, le dice la voz. Usted debe subir a lo alto. Alto. Y más tarde esa mano que la conduce escalinatas arriba por las múltiples terrazas del templo, el volcán que aparece al fondo cuando se abre la niebla. Y como muy a la distancia en la memoria, muy entre una niebla deshilachándose de a ratos, la imagen de las abluciones, la marca de arroz sobre su frente, una forma de bautizo por el fuego, quizá, y el humo, el incienso, las ofrendas a los dioses. Dioses ambivalentes, a veces devoradores, piensa ahora, cuando por fin se anima a leer lo que ha escrito en su cuaderno, sin saber cómo o cuándo lo ha escrito, sin poder recordar el acto de escribir cancelando las borraduras anteriores.

Y en el cuaderno dice (y es su letra)

soy toda, soy todos, soy, puta, desde lo más profundo e intocado de mí, soy. Me abro, me desgarro, palpito en carne viva y soy viva víscera palpitante en contacto directo con las vísceras del otro, sin aislantes o epitelios.

Con finísimas uñas desgarro carne humana y no es la mía pero sí, claro, es mía: la carne del otro es la propia carne y duele. Duele y no duele. El placer de desgarrar, destruir, aplastar o estrujar supera todo dolor puntual y todo dolor reflejo.

Con las larguísimas uñas de Rangda le abro a él las entrañas. Soy Rangda, la bruja, tengo su melena desatada y sus fauces ardientes.

Yo lo abro, lo desgarro con mis largas larguísimas uñas de bruja balinesa, lo abro de arriba abajo, lo expongo a todas las intemperies, lo eviscero, me lo como, le chupo los intestinos como fideos, por el costado de la boca le escupo su propia mierda en la cara, le vacío los chinchulines y si se mueve de un rodillazo en las pelotas lo aquieto para poder restregarme a gusto contra sus viscosidades.

Qué destrucción. Qué apropiamiento.

Soy Kali

a la luz tan engañosa, acuosa, de la luna llena, mientras voy recorriendo los caminos y no-caminos del templo hecho de puro espacio. Bajo el volcán, el templo.

A veces la luna me deja entrever la mole del volcán que se me viene encima y me siento flotante en el fuego de las tripas al aire, las tuyas y también las mías porque al desgarrarte me desgarro para leer el oráculo en las entrañas expuestas.

¿Dónde está el miedo?

Me pregunto cómo habrá nacido el miedo que ahora nos enlaza y a la vez nos aparta, él allá y yo acá, cada uno en lo suyo.

Es para saberlo que atizo el fuego.

Toda vida es un camino. Todo desgarramiento es la señalización de ese camino, un intento cada vez más preciso de mapeo. Todo amor es un cambio de ruta, de mapa, de universo. Todo amor es un salto que aterra. Todo amor es un deslumbramiento tan pero tan deslumbrante que pocos tienen el coraje de asomarse a ese gran agujero negro.

Yo no tengo el coraje.

O sí tengo, pero sin querer. Negándolo.

Tres días

Rolling Thunder se marchó de nuestro Instituto de Investigaciones Psicofísicas dando un portazo metafórico porque notó que alguien había andando metiéndose con sus plumas de curar. Se fue, y de inmediato se desencadenó la peor de las tormentas que jamás se haya visto en California del norte. La tormenta voló techos, tumbó árboles y dos gigantescos eucaliptus cayeron taponando las dos tranqueras de entrada al Instituto, dejándonos encerrados e incomunicados.

Pero nosotros sabemos que hubo un hiato de tres días.

Tomamos las plumas un martes por la tarde, Rolling Thunder se fue el viernes como si acabara de descubrir el sacrilegio. ¿Esperó la tormenta? En ese caso fue el único en preverla, el servicio meteorológico nunca hizo la más mínima referencia a una tormenta.

Pero predecir no es lo mismo que generar.

Antes del desastre, en el Instituto no se mencionaba otra cosa que no fuera el poder de Rolling Thunder, mientras Rolling Thunder andaba por ahí ostentando la parquedad propia de su tribu y nos hablaba de las curaciones sin sacar casi nunca las plumas sagradas de su caja.

Nos sentaba a todos en círculo sobre el pasto y nos decía que las plumas eran para curar sí, y curaban, pero nosotros no podíamos ni empezar a soñar con usarlas, no podíamos buscar la salud individual sin antes curar al mundo, al universo. ¿Cómo quieren curarse de los males que andan cargando si cada día enferman más a la Madre Tierra, la contaminan y la erosionan, la despueblan de sus seres naturales para superpoblarla de horrores, de ciudades y fábricas y centrales atómicas y supercarreteras? nos preguntaba. "Nosotros los indios somos los guardianes de la tierra", nos repetía. "No decimos que somos los dueños de la tierra, no, nadie es dueño de la tierra. La tierra pertenece al Gran Espíritu, pero nos ha sido delegada. Somos los guardianes de la tierra. Dondequiera que vayan en esta tierra, si quedan indios, si queda algún sobreviviente, habrá siempre alguno que conocerá las leyes de la vida y de la tierra y del aire. Es ésta nuestra misión, así como otros han sido delegados para otros menesteres. Debemos trabajar juntos para crear una vida buena para todos, todos los que vivimos sobre esta Madre Tierra."

Nosotros bebíamos sus palabras, aunque a veces nos permitíamos alguna levísima objeción. Rolling Thunder insistía:

"La Naturaleza es soberana y la naturaleza interna del ser humano es soberana. La Naturaleza debe ser respetada. Toda vida y todo ser viviente debe ser respetado. Es ésta la única respuesta."

Y se largaba a denunciar la tala de los bosques en la reservación, o el intento de plantificar allí un basurero biológico, o la contaminación de las aguas. Nosotros queríamos oír más sobre curaciones y plumas, algo que nos fuera útil, algo que pudiéramos aplicar y demostrar así que no estábamos perdiendo nuestro tiempo al escucharlo. Por eso suspirábamos, como disculpándonos: no se puede detener el progreso.

¿El progreso?, preguntaba entonces Rolling Thunder, incrédulo. Siempre enfrentaba nuestras insistencias con preguntas. Sólo afirmaba al dignarse hablar de sus plumas: la manera de cazar el águila, el respeto para con el águila que brindaría las plumas, su muerte ritual y la preparación de las plumas, el poder curativo de las plumas.

Lo anduvimos escuchando bastante embobados, hasta que Keith cayó con esa bruta fiebre y un debilitamiento total. Sabíamos qué tenía; los médicos dijeron que ya no había esperanzas pero pensamos que podríamos brindarle una, nosotros.

Le pedimos a Rolling Thunder, le rogamos, le imploramos.

Queríamos poner en práctica lo aprendido, demostrar por fin nuestros poderes. Rolling Thunder nos había enseñado la esencia de la ceremonia, la esencia; se nos presentaba ahora una inmejorable oportunidad de prueba.

No, dijo Rolling Thunder, ustedes no pueden hacerlo, no son de la raza de las plumas.

Qué raza, de qué raza nos está hablando, le dijimos. Nosotros no creemos en razas.

Hablo de la raza que mantiene la armonía, la que no destruye por destruir. Siempre hay una armonía, dijo, siempre hay armonía. Si curamos acá vamos a enfermar otra parte del universo, hay que tener la conciencia hecha a esta noción. No pueden curar quienes no tienen la armonía, quienes sólo saben enfermar el universo. Otras cosas nos dijo, pero no le prestamos atención porque estábamos desesperados. Keith se nos iba muriendo entre las manos y en nuestras manos estaba el poder de curarlo.

"Cada caso de enfermedad y de dolor tiene su razón de ser (no quisimos escucharlo). Sabemos (dijo, y pensamos: lo sabrá él, nosotros no sabemos, no nos interesa) que todo es resultado de algo y causa de algo más, y así en cadena. No se puede hacer desaparecer toda la cadena porque sí. A veces cierta enfermedad o dolor es inevitable porque es ése el menor precio posible que se paga por algo; se hace desaparecer la enfermedad y el precio se incrementa (de qué precio nos está hablando, él que se hace tan el desinteresado, pensamos, y dejamos de escucharlo porque queríamos lo otro). Por esta razón es que siempre nos tomamos tres días para concentrarnos en el caso, a ver si lo tratamos o no. Las personas pueden no conocer la respuesta, pero el espíritu sí la conoce y nos la transmite. Es ésta la tarea de un verdadero hombre de medicina."

Denos una prueba, una demostración, cúrelo a Keith si puede, le exigimos.

No tengo nada que probar, no estoy en un circo, que yo sepa, nos dijo y se retiró a meditar al bosque.

Eso ocurrió un domingo. El martes no aguantamos más. Al alcance de la mano teníamos el poder, el poder de curación, el poder de devolverle la vida a Keith, el poder ser Rolling Thunder, el poder ser Dios.

En ausencia de Rolling Thunder le tomamos las plumas de curar.

Las tomamos prestadas, a las plumas, como quien dice, mientras Rolling Thunder seguramente para escaparle a la responsabilidad se pasaba el día meditando en el bosque.

Keith estaba en coma y nosotros hicimos la ceremonia lo mejor que pudimos. Rolling Thunder nos la había explicado, en abstracto, como quien habla de otra dimensión o de una realidad no compartible.

Abrimos el terreno sagrado fumando la pipa cuatro veces, dirigiéndonos a las cuatro direcciones

al este de donde sale el sol
al norte de donde viene el frío
al sur de donde viene la luz
al oeste donde se pone el sol.
Al padre Sol
a la madre Tierra.

Y después trabajamos con las plumas sobre el cuerpo moribundo de Keith.

Al atardecer Keith se movió, se dio vuelta, suspiró. Pareció pasar del coma al sueño. Nos apuramos a dejar las plumas donde las habíamos encontrado porque Rolling Thunder estaría por volver de su meditación.

Eso fue el martes, insisto. ¿Y recién el viernes se dio cuenta Rolling Thunder de que le habíamos andado usando sus benditas plumas?

Entonces se marchó de nuestro predio hecho una furia, y al ratito no más el cielo azul azul se puso negro, retumbaron los truenos, el rolido de los truenos a distancia empezó a acercarse hasta que los truenos fueron precedidos por rayos que parecían caérsenos encima. Rayos como gigantísimas víboras de luz.

Así se desencadenó la célebre tormenta.

Queremos creer que Rolling Thunder tenía prevista la tormenta y se valió de ella como los sacerdotes egipcios del eclipse.

Reconocemos que la tormenta resultó aterradora. Sacudió la tierra, y el mar se levantó en olas que casi llegan al tope de los acantilados y arrasan con nosotros. Los árboles fueron arrancados de cuajo, un rayo partió en dos el eucaliptus centenario que nos taponó la entrada principal, segundos después otro rayo derrumbó el eucaliptus frente a la otra entrada y quedamos así acorralados. La ruta inutilizada. Cayó la antena.

Se cortó el teléfono, la radio. Tardaron días en llegar a rescatarnos. No nos importó demasiado. Somos hombres de medicina, por fin; aprendimos y supimos aplicar a la perfección los secretos que de tan mala gana nos fueron revelados. Tenemos el poder, gracias a lo cual logramos el primero de nuestros cometidos:

a Keith le bajó totalmente la fiebre, y se encuentra ahora fuera de peligro según confirman sus médicos. Azorados.

(A Maxine que me contó esta historia verídica, y a Doug Boyd por las citas de Rolling Thunder.)

El protector de tempestades

Como buena argentina me encantan las playas uruguayas y ya llevaba una semana en Punta cuando llegó Susi en el vuelo de las seis. Pensé que no iban a poder aterrizar, dada la bruta tormenta que se nos venía encima. Aterrizó, por suerte, y a las siete Susi ya estaba en casa. Ella venía del oeste, la tormenta del este corriendo a gran velocidad apurada por arruinarnos la puesta de sol.

Susi dejó el bolso en el living, se caló la campera y dijo Vamos a verla, refiriéndose a la tormenta claro está. La idea no me causó el más mínimo entusiasmo, más bien todo lo contrario. La vemos desde el balcón, le sugerí. No, vamos al parador de Playa Brava, que estas cosas me traen buenos recuerdos.

A mí no, pero no se lo dije, al fin y al cabo por esta vez ella era mi invitada y una tiene, qué sé yo, que estar a la altura de las circunstancias. Yo tengo mi dignidad, y tengo también una campera ad-hoc, así que adelante: cacé la campera y zarpamos, apuradas por llegar antes de que se descargara el diluvio universal. Esperando el ascensor Susi se dio cuenta de un olvido y salió corriendo. Yo mantuve la puerta del ascensor abierta hasta que volvió, total pocos veraneantes iban a tener la desaforada idea de salir con un tiempo como éste.

Al parador llegamos con los primeros goterones. Hay una sola mesa ocupada por un grupo muerto de risa que no presta la menor atención al derrumbamiento de los cielos. Tras los vidrios cerrados nos creemos seguras. Ordenamos vino y mejillones que a mi buen saber y entender es lo más glorioso que se puede ingerir en estas costas, y nos disponemos a observar el cielo ya total e irremisiblemente negro, rasgado por los rayos. Y allí no más enfrente, el mar hecho un alboroto. Nosotras, tranqui. Vinito blanco en mano, mejillones al caer. Humeantes los mejillones cuando por fin llegan, a la provenzal, chiquitos, rubios, deliciosos. Los mejores mejillones del mundo, comento usando una valva de cucharita para incorporarle el jugo como quien se toma ese mar ahí enfrente, revuelto y tenebroso. Umm, prefiero las almejas, me contesta Susi.

Igual somos grandes amigas. Ella es la sofisticada, yo soy la aventurera aunque en esta oportunidad los roles parecen cambiados. Susi está totalmente compenetrada con la tormenta, engulle los mejillones sin saborearlos, sorbe el vino blanco a grandes tragos, hasta dejando en la jarra la marca viscosa de sus dedos por no detenerse a enjuagárselos en el bol donde flota la consabida rodaja de limón. Casi no hace comentario alguno sobre la ciudad abandonada horas antes. Sólo menciona el calor, la agobiante calor, dice irónica, como para darle una carga de femenina gordura, ella que es tan esbelta. Y el recuerdo de la muy bochornosa la lleva a bajar el cierre y a abrirse la campera y de golpe contra su remera YSL azul lo veo, colgándole del cuello de un fino cordón de cuero —el mismo cordón, me digo, sin pensar el mismo en referencia a qué otro cordón ni en qué momento.

Me quedo mirándole el colgante: cristal, caracol, retorcida ramita de coral negro, y, lo sé, precisas circunvalaciones de alambre de cobre amarrando el todo.

—El protector de tormentas, comento.

—Sí, fijate que me lo estaba olvidando en el bolso, por eso te dejé colgada frente al ascensor. Y con esta nochecita más vale tenerlo.

No funciona, digo casi a mi pesar. Claro que sí, retruca Susi, convencida, mientras caen los rayos sobre el mar y parecen tan cerca, y yo le pregunto cómo es que lo tiene y ella pregunta cómo sé de qué se trata y todo eso, y las dos historias empiezan a imbricarse.

—Yo estaba ahí no más, en La Barra, con los chicos, habíamos alquilado una casa sobre la playa, lindísima, mañana te la muestro —larga Susi.

A qué dudarlo. Lo que es yo nada de alquilar y menos casas lindísimas, que mi presupuesto no da para eso, no. Yo en cambio estaba como a siete mil kilómetros de aquí, en Nicaragua, más o menos laburando, captando Nicaragua en un congreso de homenaje a Cortázar en el primer aniversario de su muerte.

—Allá por el 85, digo.

—Allá por el 85, si no me equivoco, retoma Susi como si le estuviera hablando de su historia, y yo le voy a dar su espacio, voy a dejar que ella hile en voz alta lo que yo calladita voy tejiendo por dentro. Ella hace largos silencios, los truenos tapan palabras, los de la mesa de al lado se están largando por vertiginosas pistas de ski, según puedo captar de su conversación sobre Chapelco, todo se acelera y cada una de nosotras va retomando su trama y en el centro de

73

ambas hay una noche de tormenta sobre el mar, como ésta, mucho peor que ésta.

Yo en Nicaragua en los años de gloria del sandinismo con todos esos maravillosos escritores, uno sobre todo mucho más maravilloso que los otros por motivos extraliterarios. Hombre introvertido, intenso. Nos miramos mucho durante todas las reuniones, nos abrazamos al final de su ponencia y de la mía, nos entendimos a fondo en largas conversaciones del acercamiento humano, supimos tocarnos de maneras no necesariamente táctiles. Largas sobremesas personales, comunicación en serio. Era como para asustarse. Navegante, el hombre, en sus ratos de ocio. Guatemalteco él viviendo en Cartagena por razones de exilio. Buen escritor, buena barba, buenos y prometedores brazos porque entre tanto coloquio, tanta Managua por descifrar —hecha para pasmarse y admirarla dentro de toda su pobre fealdad sufriente—, entre tanto escritor al garete, nulas eran las posibilidades de un encuentro íntimo. Pero flotaba intensísima la promesa.

—Yo estaba en esa casa, sensacional, te digo, va diciendo Susi. Una casa sobre la playa con terraza y la parte baja que daba directamente a la arena. Jacques aterrizaba sólo los fines de semana, meta vigilar sus negocios en Buenos Aires, y yo iba poco a poco descubriendo la soledad y tomándole el gusto. Los chicos estaban hechos unos salvajes dueños de los médanos y de los bosques, cabalgando las olas en sus tablas de surf pero no tanto porque no los dejaba ir donde había grandes olas, eran chicos, igual hacían vida muy independiente y se pasaban la mitad del tiempo en casa de unos amiguitos, en el bosque, y yo me andaba todo en bicicleta o caminaba horas o me quedaba leyendo frente al mar que es lo que más me gustaba.

—¿A Adrián Vásquez, lo leíste?, atino a preguntar despuntando el ovillo.

—Jacques me tenía harta con sus comidas cada vez que llegaba. Cada fin de semana había que armar cenas como para veinte, todos los amigos de Punta, todos. Te consta que a mí me gusta cocinar, me sale fácil, pero en esa época yo necesitaba silencio, fue cuando le empecé a dar en serio a la meditación y no terminaba de concentrarme que ya empezaban a saltar los corchos de champán.

En Nicaragua le dábamos al Flor de Caña. Flor de ron, ése. Y llegó el día cuando se terminó el coloquio y casi todos se volvieron a sus pagos y a unos poquitos nos invitaron a pasar el fin de semana en la playa de Pochomil.

—Cierto fin de semana Jacques no pudo venir. Ya no me acuerdo qué problema tuvo en BAires, y los chicos patalearon tanto que me vi obligada a llevarlos a pasar la noche en casa de sus amiguitos y por fin yo me instalé en el dormitorio de abajo, el de huéspedes que daba sobre la arena, dispuesta a leer hasta que las velas no ardan.

La pomposamente llamada casa de protocolo del gobierno sandinista era a duras penas una casita de playa sobre la arena, simpática, rodeada de plantas tropicales, casita tropical toda ella con mucho alero y mucha reja y poco vidrio. Poco vidrio a causa del bruto calor, mucha reja debido a los peligros que acechaban fuera. Un país en guerra, Nicaragua, entonces, con los contrarrevolucionarios al acecho.

A Susi no le cuento todo esto, sólo largo por ahí una palabra o dos, de guía, como para indicarle que estoy siguiendo su historia. Al mismo tiempo voy hilvanando en silencio y de a pedacitos la mía, como quien arma una colcha de retazos.

—Esa casa era un sueño, te digo. Tenía un living enorme con chimenea que alguna vez encendimos y un dormitorio principal estupendo todo decorado en azul Mediterráneo, con decirte que el del depto de Libertador no parecía gran cosa al lado de ése, igual a mí me gustaba el cuarto de huéspedes, abajo, porque la casa estaba construida sobre un médano, el cuarto quedaba abajo y tenía un enorme ventanal que daba directamente sobre la playa.

—Idéntica ubicación física, convine, sin que ella me preste atención alguna entre el ruido de la tormenta que ya se había desencadenado, los truenos que reventaban como bombas y esos vecinos de la mesa de atrás que atronaban con sus voces y sus risas por encima del estrépito del viento. Idéntica ubicación física, dentro de lo que cabe, salvando las distancias.

—A mí me encantaba esa pieza de huéspedes que tenía una cucheta bajo el ventanal. Ahí me tiré a leer, esa tardecita, cuando ya se estaba poniendo el sol.

Nosotros, en cambio, llegamos a la tardecita, nos llevaron a comer a un puesto de pescado sobre la playa y después quedamos solos, los cuatro huéspedes: Claribel Alegría y Bud Flakol, su marido, mi escritor favorito y yo. Y yo, relamiéndome de antemano.

—Yo me relamía, creo que musité en medio del soliloquio de Susi. Ella estaba en otra:

—Yo leía mientras se iban marchitando los rosados de la puesta del sol y veía acercarse la tormenta, unos nubarrones negros que venían hacia mí, espectaculares.

Amenaza de tormenta teníamos nosotros también, en Pochomil, además de la amenaza de la contra, y ahí estábamos los cuatro en esa playa perdida de la mano de Dios. Claribel y Bud son los mejores compañeros, los más brillantes que uno pueda desear, y además estaba él y yo me hacía todo tipo de ilusiones, por eso el peligro era una posibilidad más de acercamiento. De golpe se hizo de noche. Cosas del trópico. Y se presentó un hombre armado que dijo ser un guardia y meticulosamente nos encerró a los cuatro tras las rejas, llevándose las llaves del candado principal, por seguridad, dijo, porque por allí andaban peleando.

Ni que me hubiera leído el pensamiento, Susi, porque de golpe dijo:

—La Barra es un lugar muy tranquilo, pero esa noche parecía prometer inquietudes interesantes.

Y después se quedó mirando el mar, o mejor dicho el horizonte negro, con nubes como las otras que ya no eran promesas y estaban descargándose con saña.

El guardia parecía inquieto. Cualquier cosa, me llaman si necesitan algo, estoy a pocos metros de acá, dijo, montamos vigilancia toda la noche así que no tienen de qué preocuparse, compañeros, y allí está el teléfono si es que funciona, no les puedo decir porque hace mucho que no tenemos huéspedes por acá, nos aclaró, bastante inútilmente porque se notaba, todo parecía tan polvoriento y abandonado que yo ya había tomado la firme decisión de sacudir bien las sábanas y separar la cama de la pared, más asustada de las alimañas que de los contras. Con un poco de suerte, *él* me ayudaría en ese sano menester. Algo comenté al respecto, él se ofreció con gusto, nos servimos el café de un termo que había traído el guardia, y los cuatro nos instalamos en las mecedoras de paja para una sabrosa charla de sobremesa cuando empezaron los sapos

—Te digo que todo estaba quieto quieto esa noche mientras yo miraba acercarse la tormenta, unos nubarrones como de fin del mundo que me parecían sublimes, como lava apagada, qué sé yo, como oscuras emanaciones volcánicas que se iban acercando pero yo estaba ahí protegida detrás de los vidrios sobre esa cucheta en esa casa tan bella y solitaria.

En Pochomil los sapos mugían como toros salvajes, guturales y densos. Algo nunca escuchado, y detrás el coro de ranas, todo un griterío enloquecido de batracios cuando de golpe se desencadenó la tormenta casi sin previo aviso.

—Esa sí que fue una bruta tormenta, dije en voz alta.

—¿Cuál, che? Disculpame, por ahí estabas tratando de contarme algo, pero yo me embalé tanto en mi historia… ¿Pedimos más vino? Mirá cómo llueve, qué lindo.

—Allá se largó una lluvia que agujereaba la tierra. Así sonaba, al menos. No podíamos salir.

—Yo tampoco. Me dormí un ratito, y cuando me desperté el mar casi casi llegaba al ventanal.

—Era bastante aterrador, te diré. Empezaron los rayos y los truenos, todo tan encimado…

—Acá también.

—¿Ahora? No tanto.

—Ahora no tanto. Entonces, te digo, entonces era feroz.

En Pochomil era tan pero tan fuerte la tormenta eléctrica que nos dio miedo. La casa temblaba con cada rayo que caía, y enseguida explotaba el trueno. De espanto. Bud dijo que había que contar despacito entre el destello y el trueno, y cada segundo era una milla más que nos separaba del lugar donde caía el rayo. Claribel empezó a contar a toda velocidad, y nunca logró llegar a más de cinco. Los rayos caían casi sobre nuestras cabezas.

—Al principio me dio un miedo espantoso, con decirte que hasta lo extrañé a Jacques, no había nadie en la casa, hasta con los chicos me hubiera sentido más segura.

—Allá se oían las olas romper casi dentro de la casa.

—Como en La Barra, en La Barra.

Y yo me dejo bogar más allá de la historia de Susi para sumergirme silenciosamente en la mía, acompañada por esa inquietante música de fondo, la tormenta del aquí y el ahora.

En la tormenta del allá y el entonces él acercó su mecedora a la mía y me susurró No te preocupes, aunque el mar entre a la casa, yo soy un excelente navegante pero además y sobre todo estamos a salvo: acá tengo el protector de tempestades, me lo hizo un viejo santero cubano, ya muerto hace tiempo, y me lo hizo especialmente para mí, porque me encantaba navegar en medio de las tormentas, y por eso me puso, ¿ves tú?, este caracol tan particular, y este cuerno de coral negro tallado por él con la figura mítica de mi Orixa, y lo ató todo con alambre de cobre en determinadas vueltas sabias y precisas como metáfora del pararrayos.

Como si hubiera sido ayer lo recuerdo. Las palabras de él, y el amuleto que quedé mirando largo

79

rato mientras él me hablaba. Lo miraba hasta con devoción, o respeto. Él me tomó la mano y con su mano apoyada sobre la mía me lo hizo tocar, y yo sentí el calor de su pecho y hasta algún latido. En eso se cortó la luz.

—¿Sí o no?, está preguntando Susi, impaciente.

—Sí, sí. ¿Sí qué?

—¿Querés más vino? Ahí viene el mozo, no me estás escuchando.

El mozo aceptó traer más vino pero dijo que iban a cerrar casi enseguida, que los de la otra mesa ya se habían retirado, que convenía que nos fuésemos nosotras también si no no íbamos a poder volver a casa. Déjenos un ratito más, le pedí, hasta que termine de contarme lo que me está contando. Miren que tormentas como ésta sólo creen en finales trágicos, amenazó el mozo y se alejó para buscar el vinito mientras un rayo más tajeaba el cielo, iluminando el mar.

Cuando se cortó la luz nos soltamos las manos como con susto, con miedo supersticioso, casi. Claribel y Bud no dijeron palabra. Todos calladitos, a ver si volvía la luz para disolver esa puta negrura que hacía más atroz los fulminantes destellos ahí, tan cerca. Quedamos paralizados, los cuatro, mudos ante el espantoso rugido de bestias de esos sapos. No teníamos ni un encendedor, ni fósforos. Al rato Bud logró llegar hasta el teléfono, que estaba muerto como era de suponer, y a medida que pasaba el tiempo se nos esfumaba la esperanza de que el guardia volviera con su sonrisa y su metralleta. Podría traernos una lampara de querosén, una linterna, velas, lo que fuera para aclarar un poco esa noche llena de tormenta y alimañas. Mi romance se me estaba diluyendo con esa lluvia feroz, no iba a ser yo la primera en decir que me iba a la cama, porque le tenía miedo a esa cama sin sacudir. Y si no era la primera, ¿cómo iba él a poder seguirme?

—Qué angustia, me sale en voz alta, sin querer. Qué angustia en esta tormenta de hoy, y quizá también en aquella tan cargada.

—¿Te parece?, pregunta Susi. No, no era para tanto. Era inquietante pero me hacía bien, aquella tormenta, no sé cómo explicártelo pero me sentía bien. Después de dormitar un poco me desperté refrescada, interiormente en paz.

Susi intenta explicarme lo de la paz, yo vuelvo al lado de él. Claribel está diciendo que se había fijado y nuestra casa no tenía pararrayos, y Bud, tratando de calmarnos, agrega: pero sí antena de televisión, que está desconectada, completa el dueño del protector de tempestades quizá para hacerme sentir segura tan sólo a su lado.

—Me sentía tan a gusto que me quedé ahí, no más, absorta en la tormenta, tratando de ver cada uno de los rayos que caían sobre el mar, sin ganas de subir a mi dormitorio y meterme en la cama. Era como una meditación, como estar dentro de esa naturaleza desencadenada, estar dentro de la tormenta y sentir tanta calma, era estupendo. Ni ganas de ir al baño me daban.

—En eso él se levantó para ir al baño, intercalo yo sin pretender que Susi me preste ni la menor atención, más bien como pie para seguir reviviendo mi callada historia. Susi habla y yo me siento como una serpiente de mar asomando arqueados lomos de palabras para después hundirme de nuevo en la memoria. No por eso dejo de escucharla, al mismo tiempo enhebrando mi recuerdo como si las palabras de la superficie y las de la profundidad tuvieran una misma resonancia.

Él se metió en el baño, es cierto. Lo oímos en medio de la negrura tropezar contra algún mueble y al próximo destello, cuando de nuevo tembló toda la casa, ya no estaba a mi lado y pude ver cómo se terminaba de cerrar la puerta. Después, en la oscuridad y el silencio, oímos el cerrojo. Retumbaba la tormenta y no nos sentíamos para nada tranquilos. Y él allí, en el baño, encerrado por horas, por milenios en medio de esa tormenta que tenía algo de desencadenamiento geológico. Estábamos como a la deriva en alta mar y él que era nuestro navegante nos había dejado para buscar refugio.

—Ahora sí tengo que ir al baño, dice Susi, y se levanta decidida al tiempo que el mozo viene de nuevo a la carga. Vamos a cerrar, insiste mientras las olas golpean contra la pared de la terraza y los vidrios del parador se sacuden con el viento. No nos van a dejar así tiradas en medio del temporal, le pedimos, al menos esperen que amaine un poco, no tenemos ninguna protección, protestamos, pero las dos pensamos en lo mismo.

Y él seguía metido en el baño, encerrado, resguardado, y nosotros tres esperándolo, esperándolo y esperándolo —yo— mientras el mundo se desmoronaba y los sapos rugían con un rugir nada de sapo, más bien apocalíptico. ¿No le pasará algo?, pregunté con tono inquieto, pero era un reclamo. Estará descompuesto, estará asustado, en fin, vos entendés lo que quiero decir, dijo la voz sensata de Bud desde la negrura. Y nos quedamos allí callados por los siglos de los siglos y uno de los tres sembró la alarma porque allá, al fondo de la densidad negra, bogaba una lucecita, hacia arriba y hacia abajo, la lucecita de un mástil, apareciendo y desapareciendo a ritmo de las grandes olas, con respiración jadeante.

—Esta tormenta es brava, casi tan feroz como, está diciendo Susi al retomar su sitio, y yo con la lucecita a lo lejos que parecía estar acercándose y él encerrado en el baño y todos nosotros, los cuatro, encerrados en esa casa en medio de la más arrolladora de las tempestades viendo quizá cómo se acercaba un barco de los contrarrevolucionarios que naturalmente desembarcarían en nuestra playa. Casa de protocolo del gobierno sandinista: trampa mortal. Y la lucecita subía y después se borraba, y volvía a aflorar y parecía más cerca. Él no soñaba con salir del baño ni enterarse de la nueva amenaza. Yo me harté de tanta especulación, de tanta espera dividida entre el deseo y el miedo. Igual que la lucecita del mástil subía el deseo y yo esperaba que él emergiera de la profundidad del baño, dispuesta a decir algo o a hacer algún ademán en el instante mismísimo de un rayo; igual que la lucecita desaparecía el deseo y me hundía yo en la tiniebla del miedo. Ganaron por fin el término medio, la sensatez, el agotamiento, el aburrimiento, la impaciencia, quizá. Dije Buenas noches, me voy a dormir, y a tientas encontré mi dormitorio olvidándome de tanta especulación y de tanta espera, borrando hasta las necesidades más primarias y las ganas de lavarme los dientes. Traté de sacudir las sábanas y de no pensar más en alimañas. No pensar más en el amor o en el miedo a los contras. Así me quedé dormida en esa cargada noche.

— … y esa luz que avanzaba entre las olas parecía estar llegando, ya se la veía muy cerca, y el mar estaba casi en mi ventana y no me dieron tiempo de asustarme de veras porque de golpe oí que me llamaban. Susi, Susi, oí, y pensé que era el viento o mi imaginación. Pero no. Susi, gritaban, y en eso aparecieron dos figuras arrastrando un bote inflable con motor fuera de borda, un dingui, sabés, con un palo alto y una lucecita arriba. Yo estaba tras la ventana iluminada y uno de ellos se acercó. Ahí lo reconocí a Gonzalo Echegaray, ¿te acordás de él? Lalalo, alguna vez lo habrás visto en casa. Venía con otro tipo y estaban hechos una calamidad. Corrí a abrirles y Gonzalo me dijo que el otro lo había salvado, que estaba a la deriva con el velero totalmente escorado y las velas todas enredadas por el viento feroz y su falta de cancha cuando apareció el otro en el dingui y lo rescató. El otro no tenía pinta de gran salvador, por suerte. Era un dulce, un tipo parco, callado como a mí me gustan. Gonzalo dijo que se había tirado a La Barra sabiendo que yo estaría ahí, y que se hubieran ido al demonio de no ver la luz de mi ventana que podía haber sido cualquier ventana pero qué. Por suerte era la mía, el salvador era un pimpollo y apenas sonreía mientras Gonzalo contaba las peripecias y después, cuando Gonzalo se fue a dormir más muerto que vivo, me mostró su amuleto. Dijo que en realidad los había salvado el amuleto, que era el verdadero y único protector de tormentas, se lo había hecho especialmente para él un viejo cubano, qué sé yo.

Insensible, el mozo interrumpe, vuelve al ataque: que no se van a seguir arriesgando por nosotras, que por favor saldemos la cuenta y ya van a cerrar, que por ahí se vuela el parador y todo y más vale no estar cerca.

Mientras esperamos el vuelto Susi insiste en completar su prolija narración de los hechos:

—Gonzalo se quedó como una semana en casa, para reponerse, pero el otro no, sólo esa noche y sin embargo, ¡qué nochecita, doña! Memorable, una noche absolutamente tórrida y deliciosa me hizo pasar el otro en medio de la tormenta.

—¿Deliciosa como los mejillones?

—Como las almejas. No, más, muchísimo más. Fue la gloria. Lástima que cuando desperté, tarde como te imaginarás, él ya no estaba. Se había ido en su dingui y nunca más supimos nada de él. Pero me dejó sobre la almohada su protector de tempestades que ahora nos va a dar una buena mano para salir de ésta.

Buena mano un carajo, quiero acotar mientras nos disponemos a enfrentar los elementos. Pero con pasmosa templanza me sale lo otro:

—Mirá vos, che. Y pensar que al día siguiente a mí me dijo que se había quedado en el baño meditando, y que había tirado el amuleto al mar desde la ventana, para aplacar la tormenta...

Mesianismos

Transparencia

Debemos contactarnos con hombres y mujeres del mundo para establecer de una vez por todas las bases del club y redactar los estatutos. La tarea podría ser sencilla si nos pusiéramos de acuerdo, pero tememos que la cosa se complique con el problema de la diversidad de idiomas y, lo que es más, con el problema de los dialectos. ¡Cómo detesto los dialectos! Lo entorpecen todo, hacen que ciudadanos de tercera se sientan importantes, dueños de su habla, y despierten a la subversión. No quiero ni pensar lo que ocurre en el África, donde ni siquiera se entienden entre sí quienes viven a escasos kilómetros de distancia. O en Guatemala, donde se hablan hasta treinta y tres idiomas y dialectos diferentes. Nada nos importa que se entiendan entre sí, pues la mutua comprensión podría actuar en detrimento de las reglas del club, pero es imprescindible que haya consenso absoluto y por lo tanto la integración de negros y latinoamericanos resulta crucial para llevar a cabo nuestra magna labor. Un apostolado casi, como siempre señalo, y digo casi porque no quisiera espantar a los nuevos postulantes. Digamos mejor, a los reclutas. Cosa delicada, el lenguaje: debemos afinar nuestro instrumento a la perfección para que no quepa ni un adarme de duda, ni una mínima gota de ambigüedad o incertidumbre.

Todos lo sabrán todo y me veré así libre de obligaciones. El club no aspira a otra cosa que al saber, el club es (será) una asociación sin fines de lucro. Universal, eterna, envolvente, tal como lo asentarán nuestros estatutos. Claro que la eternidad no será una condición preliminar del club, será la causa. Mejor dicho, será el efecto al que aspiramos. Hay que hablar con propiedad, no nos cansamos de repetirlo, hay que darles a las palabras su justo valor, su peso.

Tendremos calibradores de palabras pero primero habremos optado por el lenguaje unificador del club. El Club, como de ahora en adelante denominaremos a este planeta, ex Tierra. Un nombre tan ambiguo, Tierra, de malsanas implicaciones, que borraremos de un plumazo, sí, dado con las plumas del plumero que es lo más indicado en estas circunstancias. Y llegará el día cuando el Universo entero sea el Club y ya no habrá más verso, en el doble sentido de poesía y engaño (una y la misma cosa). He aquí el problema con el doble sentido: se presta a confusión sin por eso ofrecernos la más mínima posibilidad de riqueza. Con el doble sentido no crecemos, nos vemos tan sólo aplastados bajo su enorme peso, y por eso mismo aquí os digo y repito: aboliremos el doble sentido por decreto. Nada de lo que sea dicho tendrá otro valor que el resplandeciente valor denotativo. Y por eso os digo: no habrá más medias tintas, ni lapsus de la lengua, ni aviesas intenciones, ni ocultamientos. Os digo y os repito, ya nadie podrá querer lo opuesto de aquello que reclama, no habrá más mensajes contradictorios. La Interpretación será tema del pasado; conservaremos eso sí su museo y recorriendo las largas galerías de divanes, las vastas bibliotecas inaccesibles, los gráficos falsos de la mente, podrán los miembros del Club (que muy pronto serán todos los habitantes del planeta), podrán tener, digo, una impresión fehaciente del horror que fue aquello.

Nadie dirá blanco si quiere decir negro, nadie diciendo malo hará referencia a lo bueno. Nadie usará la doble negativa, que es un asentimiento. Todo lenguaje será por demás transparente. Haremos de la transparencia nuestro culto.

Como es natural, la diplomacia quedará abolida por esta disposición sencilla, y también la política. Esas artes nefandas. Quedará abolido el arte que ha sido y fue la peor lacra. En todos los idiomas quedará abolida la palabra arte hasta que el lenguaje unificador del club vuelva obsoletos los idiomas y con ellos ese vocablo tan proclive a sembrar confusiones.

Y ni hablar de los llamados artistas. Merecerían todo nuestro desprecio si no fuera que también son humanos y por ello miembros potenciales del Club, distinguidos colegas. Habrá para los artistas campos especiales de rehabilitación, a considerable distancia de los campos de rehabilitación para políticos.

Reforzando la certidumbre mantendremos la paz.

Unificando el idioma tendremos todos unidad de sentido, de ideales, no habrá forma de generar presuposiciones ni de entablar conflictos. No habrá alusión alguna ni metáfora.

Cada miembro del club, cada habitante de este planeta Club, será designado por mí personalmente y registrado en el libro de socios.

De ahora en adelante llamaremos al pan, pan, y al vino, vino, como siempre debió haber sido. No habrá más malos entendidos, el pan no será mi

91

Cuerpo ni el vino mi Sangre, los sexos estarán claramente definidos, así como las atribuciones individuales.

Ya no tendrán por qué llamarme Dios. Ni siquiera Presidente del Club. Me iré a retirar al campo, aunque retirarme no será más la palabra, ni será la palabra la palabra campo.

El enviado

Sus padres los recibieron alborozados dos meses después de haber abandonado toda esperanza. Si la búsqueda había sido finalmente interrumpida fue porque nadie pensó que en medio de las nieves eternas, sin comida, después de la catástrofe aérea y los horrores… El pequeño grupo pudo sobrevivir, se supo por los diarios, comiéndose a los muertos, sus compañeros de aula.

Comed, éste es mi cuerpo; bebed, ésta es mi sangre. Y los pobres muchachos poco acostumbrados a los símbolos comieron y bebieron creyéndose en una comunión elemental, directa.

Es un milagro, exclamaron parientes exultantes al tenerlos de regreso. Un milagro tu abuela, habrán dicho los padres de las víctimas sin saber que hoy en día nadie escucha a quienes han perdido la voz del heroísmo —y perdurar en tan rudas condiciones es heroico, sin dudas, en épocas cuando le resulta tan fácil morir a tanta gente.

Total que dos meses después de la catástrofe los sobrevivientes del infausto viaje de egresados volvieron a sus casas, hablaron por las radios, concedieron centenares de entrevistas y aparecieron con foto en todos los periódicos. Se volvieron importantes. Recuperaron músculos, retomaron sus vidas deportivas, no cambiaron ni un ápice, no cultivaron ni una gota más de comprensión humana. Fue así como en un principio descollaron, hasta que poco a poco y sin el menor preaviso la languidez más tétrica se fue abatiendo sobre ellos. Ni los más encumbrados galenos locales o foráneos lograron descifrar la aviesa sintomatología.

Sólo el padre de Pedro, enfermero en sus años mozos al servicio de la patria, alcanzó a intuir en un destello la etiología del mal que minaba la salud de su hijo. Y para comprobarlo, con suma precaución y apelando a sus viejos conocimientos de asepsia se amputó un trocito del carrillo interno (el derecho) y se lo ofreció a su Pedro en escabeche.

Síndrome de abstinencia, no cupo duda: el organismo de Pedro reaccionó favorablemente a ese bocado de carne paterna, y el muchacho pudo sonreír en tres oportunidades distintas y practicar un poco de crawl en la pileta. No fue mucho, menos de un centímetro cúbico de carrillo interno, carne a todas luces no demasiado sustanciosa, pero les brindó por fin la respuesta tan ansiada. Y pudieron saber que aquella tremebunda experiencia en medio de las nieves eternas, si bien no contribuyó en absoluto a moldear la mente del muchacho, en cambio modificó su organismo al punto de requerir ahora tributos casi inimaginables.

Si un tigre acaba cebándose con la carne humana, ¿por qué no el ser humano, su real propietario?

Sólo que no es tan fácil, en esta sociedad en la que vivimos, con Carola la casada con Alfredo, el ex procurador de la República, de constante visita. Y María Rosa sintiéndose ahora casi madre de Pedrito porque le hizo rezar seis misas cuando lo dábamos por muerto; y tío Jaime, y Juan Servando Gómez y el padre Amuchástegui, en casa casi todas las noches para charlar con el muchacho, dicen, porque creen transmitirle una fe más fuerte que la nuestra.

Y mientras tanto Pedrito el elegido, nuestro Pedro, languidece en la cama aparentemente sin remedio, y el remedio está aquí, tan en nosotros, tan al alcance de la mano o mejor dicho el remedio *es* la mano, nuestra mano.

A mi señora esposa la convencí fácil; no le resultó demasiado sacrificio donarle un pedacito de muslo a su hijo, ella que nunca va a la playa. Cristina en cambio puso el grito en el cielo o mejor dicho, para no caer en la blasfemia, chilló como marrana. Tuvimos casi que apelar a la fuerza para que nos cediera un mordisco de ese pliegue sabroso alrededor del lomo. Después de mucho forcejeo entendió que no se trataba de un simple capricho para un simple hermano, se trataba de un sacrificio digno, una verdadera dádiva bendecida por Dios: si Él había optado por salvarlo a nuestro Pedro después de la caída del avión, en medio del desierto de nieve, y mantenerlo con vida durante sesenta días hasta que los encontraron las patrullas de rescate, si Él no decretó locura, si Él dispuso este alimento como único posible, si Él lo iluminó, no será porque sí, y todo lo que hagamos para mantenerlo a Pedrito con vida tendrá su recompensa. El Señor le enseñó el camino de su carne que es la carne de todos nosotros; el Señor sabrá agradecérnoslo.

(A veces por las noches sucumbimos al miedo cuando llega el momento de hacer nuestras cuentas, de pensar el menú para mañana. Sabemos que un bocadito basta. Pero qué bocadito. Me pregunto —y no quiero averiguarlo— si los demás padres de nuestros héroes se verán en aprietos similares. A veces hasta me pregunto si no sería mejor privarlo a Pedro de su adicción; que se haga hombre nomás como todos los hombres, sin consumir carne de hombre. Al instante siguiente me arrepiento y pido disculpas por mis dudas porque reconozco la blasfemia y también reconozco que el miedo más abyecto la genera.)

Todas consideraciones vanas, a esta altura de los acontecimientos. Porque la situación ha cambiado radicalmente y lo que hayamos hecho o lo que haremos mañana ya no nos concierne. Es por el bien de Pedro, nuestro antiguo Pedrito, pero este Pedro ha trascendido su condición de hijo. Si le fue deparado permanecer con vida después del accidente en que tantos murieron, ha sido para permanecer en esta tierra y salvarnos a todos, no para volver a casa a languidecer en nuestros brazos como languidecen sus compañeros de infortunio. Ahora estamos seguros: Pedro permanecerá con vida para realizar su obra y redimir a los fieles que a él acudan. Nos sentimos felices. Tenemos ya los medios necesarios para evitar su deterioro, sólo nos basta actuar con extrema prudencia.

Nosotros sólo compramos el congelador horizontal. Dios nos mandó lo otro.

Ya han fallecido tres de los compañeros de Pedro, de muerte inexplicable, como de una tristeza que emana de sus cuerpos y se aloja primero en las pupilas para terminar royéndolos enteros. A nosotros no nos permiten el acceso a las exequias pero no nos importa, Pedro está rozagante. Los pocos compañeros que quedan desmejoran a diario. Pedro está rozagante.

A los otros no podemos decirles ni una sola palabra, nuestro secreto debe conservarse tal como está: bien congelado. A veces eso sí María se enternece y les manda a los muchachos unas empanaditas. Ellos reviven por veinticuatro horas y yo le digo Mujer, estás comprometiendo nuestra causa con tamañas imprudencias. Pero María cree en la caridad y si bien nuestro hijo es el Elegido entre los elegidos, insiste que también sus otros compañeros fueron señalados por el dedo de Dios en su momento.

Igual tratamos de actuar con la mayor cordura, y del enviado, del maná llegado a nuestra casa como caído del cielo, racionamos sabiamente las porciones. Sabemos que no puede haber dos de este calibre: obtenido con tanta impunidad, y tan limpito.

Durante cinco días lo fuimos alimentando a conciencia, indagamos no sin cierta indiscreción por su salud actual y la pasada, escuchamos su historia de viajes solitarios por el mundo hablando con la gente. A sus espaldas lo llamamos, lo seguimos llamando *el enviado* pero él no alcanzó a saberlo y pasó a mejor vida sin la menor sospecha. Pobrecito. Quizá le hubiera emocionado conocer el papel primordial que jugaría, su noble rol post-mortem. Era hermoso, como señaló Cristina; pero ni aun ella se dejó enternecer por el largo pelo claro y los ojos tan puros (un joven llegado de tan lejos, tan sin familia y de limitados ideales, ¿qué mejor pudo haber hecho en este mundo que servir con su cuerpo a la voluntad divina?).

Nos quedaron sus libros de oraciones extrañas y un par de sandalias hechas por él mismo. Los conservamos para dejarle sus magras pertenencias como una compañía: están ahora en el congelador donde yace su cuerpo mutilado. Al joven tan claro no podíamos dejarlo solo. Al enviado.

¿Y más adelante, cuando se nos acabe, llegará otro para Pedro? ¿Qué será de nosotros?

Pedro está rebosante de salud pero ya no demuestra inclinaciones místicas. Eso sí, a diario y para respetar su devoción en la montaña comulga con la carne del otro, que dice ser la hostia.

¿Será en verdad la hostia? ¿Esa carne del otro será el cuerpo de Cristo?

¿Y qué si fuera así?

Si así fuera, nos ha tocado a nosotros nada menos matarlo nuevamente y esta vez no en la cruz sino de propia mano. En cuyo caso nuestro Pedro sería apenas un intermediario. Su misión ya cumplida, me parece inútil seguirnos preocupando por él. O por su malhadada dieta.

La risa del amo

Afuera la tormenta de nieve parecía estar arreciando, pero poco importaba en la vasta habitación tras los cortinados de terciopelo y menos importaba en la enorme cama bajo el baldaquín, entre edredones de plumas. La macana es que había que levantarse, la reunión estaba programada para la medianoche y sus púrpuras lo esperaban sobre el sillón frente al gran reloj de pie. Tanto esfuerzo, pensó, cuando podría quedarse allí bien calentito durmiendo en paz y hasta quizá en buena compañía. En fin. Saltó de la cama y empezó a vestirse con cierta parsimonia. Se adornó con la estola, lo mejor posible, y se caló la mitra. Ante el espejo pudo comprobar que le sentaba, hasta se veía rejuvenecido. Sonrió y oprimió el timbre para llamar al mucamo.

Por los largos corredores las alfombras se tragaron sus pasos, también en los tres tramos de escalinatas que hubo de descender tras el mucamo de librea. La mansión era tan suntuosa como se la habían descripto, majestuosa en verdad: un verdadero palacio. Al pie de la última escalinata de mármol vio más allá de los portales tallados el salón rojo donde lo esperaba la comitiva de prelados.

Monseñor el Obispo de Córdoba, lo anunció el mucamo, y los demás rieron.

Él hubiera querido escapar, sin saber bien por qué, refugiarse escaleras arriba en la habitación que le habían destinado. Un cardenal no lo dejó retroceder, lo tomó del brazo y lo llevó al medio de la estancia.

Pasad, pasad, Monseñor, Su Alteza Serenísima os está aguardando, le dijo, y los demás estallaron en carcajadas iguales al viento.

Los alcoholes circulaban en botellones de cristal rotulados, ambarinos. Para mí en las rocas, no más, para hacer juego con la montaña ahí afuera, pidió otro obispo.

El nuncio se apoltronó en un sofá y le hizo señas a un mucamo para que le alcanzase la caja de habanos. Alguien recriminó al recién llegado: che, cordobés, mirá que te hiciste esperar, casi te olvidás de la consigna: estar juntos los doce cuando los relojes den las doce campanadas.

Otro reclamó la presencia de las mujeres. Ésas siempre se hacen desear, dijo el del habano. Ni sé para qué las trajimos, estamos bien entre hombres solos, intercedió uno de los cardenales. Como en los tiempos de la colimba, más camaradería, las minas se la pasan chusmeando en un rincón y para peor siempre llegan tarde, no respetan las consignas. Posta, posta ¿eh?, intervino el primer cardenal, a ustedes parece que el frío se les metió en la cabeza, díganme, no más, qué pretenden que hagamos acá en medio del Ande sin las minas, ¿meditar?, ¿correr como guanacos por los picos nevados?

De qué se vestirán las pendejas esta noche, inquirió uno de los altos prelados, de odaliscas, deseó otro, negativo, lo contradijo el arzobispo que hasta entonces había estado en silencio, negativo, si en el museo sólo van a encontrar trajes litúrgicos, el viejo barón estaba rechiflado, vendrán de carmelitas. Carmelitas descalzas, qué bodrio. Carmelitas desnudas, y así le damos a la liturgia pero le damos en serio, al fin y al cabo el barón construyó el palacio para eso, para la reverencia. Muchas reverencias les vamos a hacer nosotros a las minas. Se la vamos a dar con tutti. Estamos al pelo así, todos pollerudos, basta con levantarse un poco los ropajes y ya. Buenas pilchas para la salvación, buen camino, no sé si las minas pueden colaborar en esto.

Y rieron más y de mejor gana, sabiendo que hacía tanto que no reían de esta manera, a mandíbula batiente, todos con todos, y para eso habían alquilado la mansión en medio de la cordillera, tan llena de promesas. Qué podía importarles el frío casi polar, las continuas nevadas, si hasta tenían su gracia ahí dentro, en lo mullido y cálido.

¿Qué tal si mañana nos hacemos sacerdotes egipcios y caminamos de perfil? Lo que usted mande, estimado Monseñor. Hecho, pero ahora quisiera convidarlos con unas pitaditas de esta sabia mezcla que me trajeron de México, y les recuerdo: aspiren a fondo, no es sólo yerba todo lo que se fuma. Brillantísima idea, no hay como los ministros para estas paponias, ministros de la Iglesia, claro está.

Fue el cordobés el que lo notó, al rato, echado en el suelo sobre almohadones como estaba. Miren, dijo, esa mesa redonda, es de tres patas. Hagamos una sesión, propuso alguien. Dale, che, despabilate vos que venís de las tierras del gualicho, hacenos de médium, lo conminó un cardenal al cordobés. Apoyamos la moción, dijeron los otros, cada uno con sus palabras. No jodan, contestó el cordobés. Sí, hombre, vos tenés que saber de estas menesundas, algo habrás hecho para que te nombren embajador, un empresario como vos. Por lo que le duró el cargo, murmuró otro prelado.

Y bueno, pensó el cordobés, a vivo no me ganan, a actor tampoco. Y aceptó. Y exigió que se apagaran las luces y se encendieran las velas del candelabro de plata sobre la chimenea. Che, le ordenó un mitrado a un mucamo, ustedes nos despejan la sala y les van a decir a las damas que no se apersonen antes de la una, ¿entendido? Damas, coreó otro con sorna.

La sesión empezó en forma previsible; el cordobés los hizo sentar, tomarse de la mano, respirar hondo. Cada vez más hondo y más rápido, para ir ganando tiempo, a ver qué se le ocurría. Se le ocurrió lo lógico dadas las circunstancias y con voz que esperaba fuera de ultratumba empezó:

—Me han convocado y vengo, aquí estoy.

¿Quién eres?, le preguntaron como se estila en estos casos

—Soy vuestro señor, vuestro amo, he venido a salvaros. Vosotros buscáis la redención, puedo brindárosla. Vosotros pretendéis llegar al paraíso sin pasar por la muerte, sea. Y he de salvaros. Yo. Yo os brindaré el paraíso. El Paraíso.

¿Quién eres? ¿Cuál es tu nombre? ¿Eres Cristo?, fueron preguntando los demás ya casi compenetrados.

—Soy el que soy.

Y la voz se hizo otra, empezó a venir desde una distancia intolerable para el cordobés. Sin soltar las manos de sus compañeros se derrumbó sobre la mesa. De su boca siguieron derramándose las palabras.

—La salvación, la salvación, la salvación. Y escapar de la muerte. Para conseguirlo hay que reverenciar el frío. Me sofoco. El frío, el frío, el principio vital. Apagar todos los fuegos, me sofoco. Hielo, nieve, donde nada se pudre. Abrir la casa al viento.

Muéstrate, conminó alguno en esa mesa, convencido, o angustiado. Muéstrate, pidieron otros. Pero sólo alcanzaron a percibir, de golpe, un resplandor amarillo, adiamantino, que pareció enceguecerlos.

En la penumbra, el silencio fue roto por las voces de las mujeres que venían bajando hacia el salón. El primero en reaccionar pegó un salto y corrió a cerrar los portales de roble. Y les echó llave. Otro ya había ido a abrir los grandes ventanales, y el que traía la llave se encaminó ceremoniosamente a tirarla a lo lejos, para que se enterrase en la nieve.

Qué hacés, loco, le preguntó uno. No vamos a poder subir más. ¿Qué nos importa, dijo un tercero, si vamos a alcanzar todas las alturas? Vamos derecho al paraíso, él nos lo prometió. Nuestro salvador.

Al cordobés le costaba reaccionar. Lo sacudieron. ¿Lo viste? ¿Pudiste verlo?, le preguntaban. No, contestó él, no sé nada, me perdí, pero creo que vi un anillo de topacio, enorme, sí, usaba un deslumbrante anillo de topacio.

Nosotros también vimos el topacio, dijeron los demás. Entonces era cierta su presencia. También su promesa.

Y fue así como empezaron de a poco a cumplir con el mandato. Sofocaron el fuego de la enorme chimenea del salón rojo, y pasaron el resto de la noche apagando cuanto fuego había en esa planta baja y abriendo todas las ventanas.

Recibieron el amanecer ateridos pero tranquilos, despejados, felices de estar cumpliendo una misión que parecía trascenderlos. Se habían cambiado, ahora sólo usaban unas túnicas oscuras encontradas en el cuarto de trajes del museo.

El mayordomo entró a eso de las siete, alarmado. ¿Qué han hecho los señores, por qué apagaron las calderas? La servidumbre pasó frío toda la noche. Y las pobres señoras. Yo mismo me pesqué una angina. Voy a cerrar los ventanales.

Que no los toque, ordenó uno. Y otros dos se abalanzaron para contenerlo. Está que arde, dijeron, trae el calor, es la muerte, dijeron. Tenemos que salvarlo, salvarnos, estipularon.

El mayordomo gritó, siguió gritando, ellos lo arrastraron de los pies a través de las puertas-vidriera más allá del parapeto de piedra hasta acostarlo en la nieve. Está caliente, dijeron, lo vamos a salvar, el frío redime.

El puñal brilló por un segundo cuando el que oficiaba de sacerdote alzó la mano. Después, sólo un borbotón humeante, y la roja mancha contaminando lentamente la blancura. Quisieron abrirle el pecho y llenárselo de nieve. El yacente ya no era más un hombre. Acababa de convertirse en la primera víctima propiciatoria de la nueva fe.

Al volver a la mansión, los doce oficiantes encontraron el desayuno servido en el salón rojo. Ofrendaron el café hirviente a la nieve pero consumieron las vituallas con verdadero apetito. Se sentían colmados, felices a pesar del pavoroso frío. El precio de la salvación es precio que se paga con dicha, sobre todo cuando no se hace necesario pagarlo con la propia muerte.

Sólo entonces les llegó muy tenue el llamado y se acordaron de las mujeres. Ese sexo maldito, convinieron. Las grandes tentadoras, las brujas, las que buscan tibiezas, las calientes y perversas.

Vamos, no nos dejemos vencer. Vamos. La Inquisición ya nos señaló el camino.

Debían preparar el ritual con parsimonia. En el cuarto de los trajes encontraron las máscaras. Enormes máscaras de animales grotescos, quizá para autos sacramentales, justo lo que necesitaban.

Siete hombres se quedaron frente a las pesadas puertas de roble sujetando siete máscaras mientras los otros intentaban forzar la cerradura con los hierros de atizar el fuego. Al cabo de un rato las hojas se abrieron de par en par y entraron las mujeres, algo indecisas, asombradas. Dieron unos pasos dentro del salón y de golpe se encontraron a oscuras, las cabezas cubiertas por enormes cabezas de monstruos.

Sintieron cómo les aseguraban las máscaras en la nuca y supieron que no se trataba de una broma. Quisieron defenderse, gritaron —pero no se oían sus gritos—, corrieron, atropellaron muebles, se dieron contra las paredes, trastabillaron. Los hombres las fueron acorralando en silencio, empujando hacia las puertas-vidriera. Las mujeres al sentir la nieve bajo los pies descalzos emprendieron carrera ladera abajo. Cuerpos aplastados por desaforadas cabezas de burro, de mono, de cabra, de buey con ojos enrojecidos, que tropezaban, y caían, y se volvían a erguir con enormes esfuerzos. Las manos trataban de arrancar las máscaras sin lograrlo, las voces quedaban sofocadas por capas y capas de papel maché.

Los hombres a unos pasos de distancia admiraban el espectáculo sin tratar de alcanzarlas, tan sólo arriándolas como animales que eran, monstruos de cabeza repelente, alucinada.

Cuando llegaron al borde del precipicio, ellos no necesitaron ni empujarlas. Cayeron solas. En el fondo del barranco las aristas de roca viva y hielo hicieron el resto.

Los hombres quedaron allí con cara de misión cumplida. Satisfechos. Estaban oficiando la nueva liturgia, la verdadera. Sólo el cordobés, contra un árbol seco, empezó a desesperar; ¿qué hice?, se preguntaba mirándose las manos que no habían hecho nada.

El tenue sol de invierno se iba a poner y ya hacía más de seis horas que el cordobés se había ido. El muy traidor, el muy judas, los había abandonado en pos del frío, quería acaparar la salvación y había salido a buscarla en las nieves eternas, allá arriba. Esa noche no durmieron pensando en todo lo que habían hecho y lo que harían para atender los designios del amo e impedir que la salvación se les escurriese entre los dedos. Al amanecer se precipitaron hacia las ventanas, desesperados por asegurarse de que el cordobés no alcanzara su objetivo. Escudriñaron las cimas con el largavistas, por fin lo detectaron justo en la ladera de enfrente, una mancha oscura sobre la nieve, inmóvil. Cada tanto iban a controlarlo, para no tener dudas; necesitaban estar seguros, no fuera que el cordobés se hubiese guardado secretos que ahora lo llevarían a encontrarse cara a cara con el amo, el señor de los cielos, el salvador de todos ellos.

Pero no. Las horas pasaban, la mancha que había sido o era el cordobés seguía allí, y ellos ya estaban por festejar la muerte del traidor que pretendió abandonarlos para acceder por cuenta propia al templo de la gloria. El templo es éste, dijeron. Nuestro salvador, empezó a decir uno mientras el que estaba observando vio formarse, en la cima de la montaña donde yacía el cordobés, una corona de nubes negras como de entierro. El que estaba observando no oyó el final de la frase, se sentía alborozado e iba a dar la voz, cuando notó que el cordobés y su montaña y su corona de nubes empezaban un ascenso muy lento hacia los cielos.

Se salva, se salva, gritó, y todos corrieron a las ventanas para ver el milagro, la ascensión del cordobés.

Muy pronto advirtieron la realidad. La ladera de enfrente no subía, estaba bajando la de ellos. Bajando. Un extraño calor empezó a invadir el salón rojo y la tierra se los tragó sin el menor estrépito. Ni tiempo tuvieron para invocar al salvador, al amo, porque en la oscuridad súbita estalló la desmesurada carcajada. Entendieron todo cuando el resplandor del topacio les volvió a herir los ojos.

Cuentos de Hades

Si esto es la vida, yo soy Caperucita Roja

Le dije toma nena, llévale esta canastita llena de cosas buenas a tu abuelita. Abrígate que hace frío, le dije. No le dije ponte la capita colorada que te tejió la abuelita porque esto último no era demasiado exacto. Pero estaba implícito. Esa abuela no teje todavía. Aunque capita colorada hay, la nena la ha estrenado ya y estoy segura de que se la va a poner porque le dije que afuera hacía frío, y eso es cierto. Siempre hace frío, afuera, aun en los más tórridos días de verano; la nena lo sabe y últimamente cuando sale se pone su caperucita.

Hace poco que usa su capita con capucha adosada, se la ve bien de colorado, cada tanto, y de todos modos le guste o no le guste se la pone, sabe donde empieza la realidad y terminan los caprichos. Lo sabe aunque no quiera: aunque diga que le duele la barriga.

De lo otro la previne, también. Siempre estoy previniendo y no me escucha.

No la escucho, o apenas. Igual hube de ponerme la llamada caperucita sin pensarlo dos veces y emprendí el camino hacia el bosque. El camino que atravesará el bosque, el largo larguísimo camino —así lo espero— que más allá del bosque me llevará a la cabaña de mi abuela.

Llegar hasta el bosque propiamente dicho me tomó tiempo. Al principio me trepaba a cuanto árbol con posibilidades se me cruzaba en el camino. Eso me dio una cierta visión de conjunto pero muy poca oportunidad de avance.

Fue mamá quien mencionó la palabra lobo.

Yo la conozco pero no la digo. Yo trato de cuidarme porque estoy alcanzando una zona del bosque con árboles muy grandes y muy enhiestos. Por ahora los miro de reojo con la cabeza gacha.

No, nena, dice mamá.

A mamá la escucho pero no la oigo. Quiero decir, a mamá la oigo pero no la escucho. De lejos como en sordina.

No nena.

Eso le digo. Con tan magros resultados.

No. El lobo.

Lo oigo, lo digo: no sirve de mucho.

O sí: evito algunas sendas muy abruptas o giros en el camino del bosque que pueden precipitarme a los abismos. Los abismos —me temo— me van a gustar. Me gustan.

No nena.

112

Pero si a vos también te gustan, mamá.
Me as/gustan.

El miedo. Compartimos el miedo. Y quizá nos guste.

Cuidado nena con el lobo feroz (es la madre que habla).
Es la madre que habla. La nena también habla y las voces se superponen y se anulan.

Cuidado.
¿Con qué? ¿De quién?

Cerca o lejos de esa voz de madre que a veces oigo como si estuviera en mí, voy por el camino recogiendo alguna frutillita silvestre. La frutilla puede tener un gusto un poco amargo detrás de la dulzura. No la meto en la canasta, la lamo, me la como. Alguna semillita diminuta se me queda incrustada entre los dientes y después añoro el gusto de esa exacta frutilla.

No se puede volver para atrás. Al final de la página se sabrá: al final del camino.
Yo me echo a andar por sendas desconocidas. El lobo se asoma a lo lejos entre los árboles, me hace señas a veces obscenas. Al principio no entiendo muy bien y lo saludo con la mano. Igual me asusto. Igual sigo avanzando.

Esa tierna viejecita hacia la que nos encaminamos es la abuela. Tiene los cabellos blancos, un chal sobre los hombros y teje y teje en su dulce cabaña de troncos. Teje la añoranza de lo rojo, teje la caperuza para mí, para la niña que a lo largo de este largo camino será niña mientras la madre espera en la otra punta del bosque al resguardo en su casa de ladrillos donde todo parece seguro y ordenado y la pobre madre hace lo que puede. Se aburre.

Avanzando por su camino umbroso Caperucita, como la llamaremos a partir de ahora, tiene poca ocasión de aburrimiento y mucha posibilidad de desencanto.

La vida es decepcionante, llora fuera del bosque un hombre o más bien lagrimea y Caperucita sabe de ese hombre que citando una vieja canción lagrimea quizá a causa del alcohol o más bien a causa de las lágrimas: incoloras, inodoras, salobres eso sí, lágrimas que por adelantado Caperucita va saboreando en su forestal camino mucho antes de toparse con los troncos más rugosos.

No son troncos lo que ella busca por ahora. Busca dulces y coloridos frutos para llevarse a la boca o para meter en su canastita, esa misma que colgada de su brazo transcurre por el tiempo para lograr —si logra— cumplir su destino de ser depositada a los pies de la abuela.

Y la abuela saboreará los frutos que le llegarán quizá un poco marchitos, contará las historias. De amor, como corresponde, las historias, tejidas por ella con cuidado y a la vez con cierta desprolijidad que podemos llamar inspiración, o gula. La abuela también va a ser osada, la abuela también le está abriendo al lobo la puerta en este instante.

Porque siempre hay un lobo

Quizá sea el mismo lobo, quizá a la abuela le guste, o le haya tomado cariño ya, o acabará por aceptarlo.

Caperucita al avanzar sólo oye la voz de la madre como si fuera parte de su propia voz pero en tono más grave:

cuidado con el lobo, le dice esa voz materna.

Como si ella no supiera.

Y cada tanto el lobo asoma su feo morro peludo. Al principio es discreto, después poco a poco va tomando confianza y va dejándose entrever; a veces asoma una pata como garra y otras una sonrisa falsa que le descubre los colmillos.

Caperucita no quiere ni pensar en el lobo. Quiere ignorarlo, olvidarlo. No puede.

El lobo no tiene voz, sólo un gruñido, y ya está llamándola a Caperucita en el primer instante de distracción por la senda del bosque.

Bella niña, le dice.

A todas les dirás lo mismo, Lobo.

Soy sólo tuyo, niña, Caperucita, hermosa.

Ella no le cree. Al menos no puede creer la primera parte: puede que ella sea hermosa, sí, pero el lobo es ajeno.

115

Mi madre me ha prevenido, me previene: Cuídate del lobo, mi tierna niñita cándida, inocente, frágil, vestidita de rojo.

¿Por qué me mandó al bosque, entonces? ¿Por qué es inevitable el camino que conduce a la abuela?

La abuela es la que sabe, la abuela ya ha recorrido ese camino, la abuela se construyó su choza de propia mano y después si alguien dice que hay un leñador no debemos creerle. La presencia del leñador es pura interpretación moderna.

El bosque se va haciendo tropical, el calor se deja sentir, da ganas por momentos de arrancarse la capa o más bien arrancarse el resto de la ropa y envuelta sólo en la capa que está adquiriendo brillos en sus pliegues revolcarse sobre el refrescante musgo.

Hay frutas tentadoras por estas latitudes. Muchas al alcance de la mano. Hay hombres como frutas: los hay dulces, sabrosos, jugosos, urticantes.

Es cuestión de irlos probando de a poquito.

¿Cuántos sapos habrá que besar hasta dar con el príncipe?

¿Cuántos lobos, pregunto, nos tocarán en vida?

Lobo tenemos uno solo. Quienes nos tocan son apenas su sombra.

¿Dónde vas, Caperucita, con esa canastita tan abierta, tan llena de promesas?, me pregunta el lobo, relamiéndose las fauces.

Andá a cagar, le contesto, porque me siento grande, envalentonada.

Y reanudo mi viaje.

El bosque tan rico en posibilidades parece inofensivo. Madre me dijo cuidado con el lobo, y me mandó al bosque. Ha transcurrido mucho camino desde ese primer paso y sin embargo, sin embargo me lo sigue diciendo cada tanto, a veces muy despacio, al oído, a veces pegándome un grito que me hace dar un respingo y me detiene un rato.

Me quedo temblando, agazapada en lo posible bajo alguna hoja gigante, protectora, de esas que a veces se encuentran por el bosque tropical y los nativos usan para resguardarse de la lluvia. Llueve mucho en esta zona y una puede llegar a sentirse muy sola, sobre todo cuando la voz de madre previene contra el lobo y el lobo anda por ahí y a una se le despierta el miedo. Es prudencia, le dicen.

Por suerte a veces puede aparecer alguno que desata ese nudo.

Esta fruta sí que me la como, le pego mi tarascón y a la vez la meto con cuidado en la canasta para dársela a abuela. Madre sonríe, yo retozo y me relamo. Quizá el lobo también. Alguna hilacha de mi roja capa se engancha en una rama y al tener que partir lloro y llora mi capa roja, algo desgarrada.

117

Después logro avanzar un poco, chiflando bajito, haciéndome la desentendida, sin abandonar en ningún momento mi canasta. Si tengo que cargarla la cargo y trato de que no me pese demasiado. No por eso dejo ni dejaré de irle incorporando todo aquello que pueda darle placer a abuela.

Ella sabe. Pero el placer es sobre todo mío.

Mi madre en cambio me previene, me advierte, me reconviene y me apostrofa. Igual me mandó al bosque. Parece que abuelita es mi destino mientras madre se queda en casa cerrándole la puerta al lobo.

El lobo insiste en preguntarme dónde voy y yo suelo decirle la verdad, pero no cuento qué camino he de tomar ni qué cosas haré en ese camino ni cuánto habré de demorarme. Tampoco yo lo sé, si vamos al caso, sólo sé —y no se lo digo— que no me disgustan los recovecos ni las grutas umbrosas si encuentro compañía, y algunas frutas cosecho en el camino y hasta quizá florezca, y mi madre me dice sí, florecer florece pero ten cuidado. Con el lobo, me dice, cuidado con el lobo y yo ya tengo la misma voz de madre y es la voz que escuché desde un principio: toma nena, llévale esta canastita, etcétera. Y ten cuidado con el lobo.

¿Y para eso me mandó al bosque?

El lobo no parece tan malo. Parece domesticable, a veces.

El rojo de mi capa se hace radiante al sol de mediodía. Y es mediodía en el bosque y voy a disfrutarlo.

118

A veces aparece alguno que me toma de la mano, otro a veces me empuja y sale corriendo; puede llegar a ser el mismo. El lobo gruñe, despotrica, impreca, yo sólo lo oigo cuando aúlla de lejos y me llama.

Atiendo ese llamado. A medida que avanzo en el camino más atiendo ese llamado y más miedo me da. El lobo.

A veces para tentarlo me pongo piel de oveja.

A veces me le acerco a propósito y lo azuzo.

Búúú, lobo, globo, bobo, le grito. Él me desprecia.

A veces cuando duermo sola en medio del bosque siento que anda muy cerca, casi encima, y me transmite escozores nada desagradables.

A veces con tal de no sentirlo duermo con el primer hombre que se me cruza, cualquier desconocido que parezca sabroso. Y entonces al lobo lo siento más que nunca. No siempre me repugna, pero madre me grita.

Cierta tarde de plomo, muy bella, me detuve frente a un acerado estanque a mirar las aves blancas. Gaviotas en pleno vuelo a ras del agua, garzas en una pata esbeltas contra el gris del paisaje, realzadas en la niebla.

Quizá me demoré demasiado contemplando. El hecho es que al retomar camino encontré entre las hojas uno de esos clásicos espejos. Me agaché, lo alcé y no pude menos que dirigirle la ya clásica pregunta: Espejito, espejito, ¿quién es la más bonita? ¡Tu madre, boluda! Te equivocaste de historia —me contestó el espejo.

¿Equivocarme, yo? Lo miré fijo, al espejo, desafiándolo, y vi naturalmente el rostro de mi madre. No le había pasado ni un minuto, igualita estaba al día cuando me fletó al bosque camino a lo de abuela. Sólo le sobraba ese rasguño en la frente que yo me había hecho la noche anterior con una rama baja. Eso, y unas arrugas de preocupación, más mías que de ella. Me reí, se rió, nos reímos, me reí de este lado y del otro lado del espejo, todo pareció más libre, más liviano; por ahí hasta rió el espejo. Y sobre todo el lobo.

Desde ese día lo llamo Pirincho, al lobo. Cuando puedo. Cuando me animo.

Al espejo lo dejé donde lo había encontrado. También él estaba cumpliendo una misión, el pobre: que se embrome, por lo tanto, que siga laburando.

Me alejé sin echarle ni un vistazo al reflejo de mi bella capa que parece haber cobrado un nuevo señorío y se me ciñe al cuerpo.

Ahora madre y yo vamos como tomadas de la mano, del brazo, del hombro. Consustanciadas. Ella cree saber, yo avanzo. Ella puede ser la temerosa y yo la temeraria.

Total, la madre soy yo y desde mí mandé a mí-niña al bosque. Lo sé, de inmediato lo olvido y esa voz de madre vuelve a llegarme desde fuera.

De esta forma hemos avanzado mucho.

Yo soy Caperucita. Soy mi propia madre, avanzo hacia la abuela, me acecha el lobo.

¿Y en ese bosque no hay otros animales?, me preguntan los desprevenidos. Por supuesto que sí. Los hay de toda laya, de todo color, tamaño y contextura. Pero el susodicho es el peor de todos y me sigue de cerca, no me pierde pisada.

Hay bípedos implumes muy sabrosos; otros que prometen ser sabrosos y después resultan amargos o indigestos. Hay algunos que me dejan con hambre. La canastita se me habría llenado tiempo atrás si no fuera como un barril sin fondo. Abuela va a saber apreciarlo.

Alguno de los sabrosos me acompaña por tramos bastante largos. Noto entonces que el bosque poco a poco va cambiando de piel. Tenemos que movernos entre cactus de aguzadas espinas o avanzar por pantanos o todo se vuelve tan inocuo que me voy alejando del otrora sabroso, sin proponérmelo, y de golpe me encuentro de nuevo avanzando a solas en el bosque de siempre.

Uno que yo sé se agita, me revuelve las tripas.

Pirincho. Mi lobo.

Parece que la familiaridad no le cae en gracia.

Se me ha alejado. A veces lo oigo aullar a la distancia y lo extraño. Creo que hasta lo he llamado en alguna oportunidad, sobre todo para que me refresque la memoria. Porque ahora de tarde en tarde me cruzo con alguno de los sabrosos y a los pocos pasos lo olvido. Nos miramos a fondo, nos gustamos, nos tocamos la punta de los dedos y después ¿qué?, yo sigo avanzando como si tuviera que ir a

121

alguna parte, como si fuera cuestión de apurarse, y lo pierdo. En algún recodo del camino me olvido de él, corro un ratito y ya no lo tengo más a mi lado. No vuelvo atrás para buscarlo. Y era alguien con quien hubiera podido ser feliz, o al menos vibrar un poco.

Ay, lobo, lobo, ¿dónde te habrás metido?

Me temo que esto me pasa por haberle confesado adónde iba. Pero se lo dije hace tanto, erámos inocentes…

Por un camino tan intenso como éste, tan vital, llegar a destino no parece atractivo. ¿Estará la casa de abuelita en el medio del bosque o a su vera? ¿Se acabará el bosque donde empieza mi abuela? ¿Tejerá ella con lianas o con fibras de algodón o de lino? ¿Me podrá zurcir la capa?

Tantas preguntas.

No tengo apuro por llegar y encontrar respuestas, si las hay. Que espere, la vieja; y vos, madre, disculpame. Tu misión la cumplo pero a mi propio paso. Eso sí, no he abandonado la canasta ni por un instante. Sigo cargando tus vituallas enriquecidas por las que le fui añadiendo en el camino, de mi propia cosecha. Y ya que estamos, decime, madre: la abuela, ¿a su vez te mandó para allá, al lugar desde donde zarpé? ¿Siempre tendremos que recorrer el bosque de una punta a la otra?

Para eso más vale que nos coma el lobo en el camino.

¿Lobo está?
¿Dónde está?

Sintiéndome abandonada, con los ojos llenos de lágrimas, me detengo a remendar mi capa ya bastante raída. A estas alturas el bosque tiene más espinas que hojas. Algunas me son útiles: si antes me desgarraron la capa, ahora a modo de alfileres que mantengan unidos los jirones.

Con la capa remendada, suelta, corro por el bosque y es como si volara y me siento feliz. Al verme pasar así alguno de los desprevenidos pega un manotón pretendiendo agarrarme de la capa, pero sólo logra quedarse con un trozo de tela que alguna vez fue roja.

A mí ya no me importa. La mano no me importa ni me importa mi capa. Sólo quiero correr y desprenderme. Ya nadie se acuerda de mi nombre. Ya habrán salido otras caperucitas por el bosque a juntar sus frutillas. No las culpo. Alguna hasta quizá haya nacido de mí y yo en alguna parte debo de estarle diciendo: Nena, niñita hermosa, llévale esta canastita a tu abuela que vive del otro lado del bosque. Pero ten cuidado con el lobo. Es el Lobo Feroz.

¡Feroz! ¡Es como para morirse de la risa!

Feroz era *mi* lobo, el que se me ha escapado.

Las caperucitas de hoy tienen lobos benignos, incapaces. Ineptos. No como el mío, reflexiono, y creo recordar el final de la historia.

Y por eso me apuro.

El bosque ya no encierra secretos para mí aunque me reserva cada tanto alguna sorpresita agradable. Me detengo el tiempo necesario para incorporarla a mi canasta y nada más. Sigo adelante. Voy en pos de mi abuela (al menos eso creo).

Y cuando por fin llego a la puerta de su prolija cabaña hecha de troncos, me detengo un rato ante el umbral para retomar aliento. No quiero que me vea así con la lengua colgante, roja como supo ser mi caperuza, no quiero que me vea con los colmillos al aire y la baba chorreándome de las fauces.

Tengo frío, tengo los pelos ásperos y erizados, no quiero que me vea así, que me confunda con otro. En el dintel de mi abuela me lamo las heridas, aúllo por lo bajo, me repongo y recompongo.

No quiero asustar a la dulce ancianita: el camino ha sido arduo, doloroso por momentos, por momentos sublime.

Me voy alisando la pelambre para que no se me note lo sublime.

Traigo la canasta llena. Y todo para ella. Que una mala impresión no estropee tamaño sacrificio.

Dormito un rato tendida frente a su puerta pero el frío de la noche me decide a golpear. Y entro. Y la noto a abuelita muy cambiada.

Muy, pero *muy* cambiada. Y eso que nunca la había visto antes.

Ella me saluda, me llama, me invita.

Me invita a meterme en la cama, a su lado.

Acepto la invitación. La noto cambiada pero extrañamente familiar.

Y cuando voy a expresar mi asombro, una voz en mí habla como si estuviera repitiendo algo antiquísimo y comenta:

—Abuelita, qué orejas tan grandes tienes, abuelita, qué ojos tan grandes, qué nariz tan peluda
                    (sin ánimos de desmerecer a nadie).

Y cuando abro la boca para mencionar su boca que a su vez se va abriendo, acabo por reconocerla.

La reconozco, lo reconozco, me reconozco.

Y la boca traga y por fin somos una.

Calentita.

No se detiene el progreso

A sus espaldas, suponiendo que las tuviera, le decía la Brhada: combinación de bruja y hada, porque no se animaban a pronunciarse del todo por lo primero. Era sin embargo el hada más sensata de la comarca, cualidad no demasiado bien vista en aquellos tiempos por demás atrabiliarios. Nadie parecía apreciarla, a pesar de no ser competencia para hembra alguna. Era desdentada, desgreñada, desfachatada y, peor aún, vieja, cualidad esta última también poco apreciada en tiempos cuando casi todos tenían la suprema cortesía de morir en la flor de la edad. Medio marchita, la flor, a veces, pero flor al fin. Sin trucos.

Por todo esto y más también, el Rey y la Reina omitieron invitarla al supremo banquete de bautismo alegando más tarde olvido por falta de visibilidad de parte de la Brhada. Pero en toda la comarca corrieron rumores de omisión culposa: por razones estéticas, por miedo al papelón, por prejuicios raciales ya que ella era bastante oscura, por temor supersticioso, lo que fuera. El hecho concreto es que no la invitaron. Ningún heraldo montado en brioso corcel se tomó la molestia de cabalgar las leguas y leguas hasta su puerta para entregarle el bando. Cierto es que no podía llamarse puerta a ese amasijo de tablas mal clavadas que obturaba con escaso éxito la entrada a su covacha. Si es por eso, tampoco podía llamarse bando a la participación que portaban los heraldos, inscripta en letras de oro anunciando el nacimiento de la tan anhelada princesita y conminando sobre todo a las hadas a asistir al banquete de bautismo.

Como quiera que fuese, la mal llamada Brhada perdida entre las grutas más allá del bosque de retorcidos cedros supo del nacimiento y del bautismo y también de la omisión culposa. Mucho había vivido y aprendido y entendido sobre seres humanos como para sentirse ofendida. No tenía razón para condenar a los monarcas pero tampoco tenía razón para privarlos de su siempre saludable presencia. Con su peine hecho de ramitas secas intentó arreglarse las mechas y con un manojo de plumas de ganso intentó desempolvar sus harapos de gala.

Al verla en tan desusada actividad, el entenado a su cargo quiso desalentarla rogándole que no fuera. "Abuela, abuela", suplicó Buerdagundo, que así se llamaba el adolescente, "por favor, abuela, no vaya donde no la quieren".

"Buerdagundo", contestole ella medio indignada. "Buerdagundo, ya eres grande y es hora de saber que no debes meterte en las cosas de los grandes. Ni debes pensar que hay parte alguna en todo este vastísimo universo donde no se me quiera. Además, te he dicho una y mil veces que no me llames abuela, no soy tu abuela, y el apelativo me envejece."

"Perdón, madrina, mi hada madrina, ¿pero qué haré, pobrecito de mí, mientras su merced esté ausente?"

"Puedes entretenerte con tu nuevo invento, niño."

"No es mi invento, no es mi invento, usted me lo dibujó tan bonito en la tierra, ¿y ahora qué hago con eso? Yo sólo lo fabriqué en madera como usted lo dibujó", lloriqueó Buerdagundo. "Lo hice porque se parecía al sol, bien redondo con rayos hacia el centro. Es lindo verlo girar. ¿De qué sirve? ¿Y cómo se llama?"

"Qué sé yo. Se trata de algo totalmente nuevo. Por lo pronto puedes entretenerte poniéndole nombre", le sugirió la Brhada para calmarlo.

Al bueno de Buerdagundo entusiasmole la idea, por lo cual empezó a saltunguear y a batir palmas. Y de golpe se le iluminó la sonrisa:

"¡Ruda, ruda!", exclamó para bautizar el innominado objeto.

"No seas grosero", indignose la Brhada. "A un hada de mi categoría no se le menciona esa planta maloliente y propensa a los hechizos. Rueda, querrás decir, rueda, ¿no te parece un nombre bien bonito?"

Y con estas palabras de despedida, la mayor o mejor dicho la de aspecto más vetusto de las hadas del reino se dispuso a trasladarse de un soplo hasta el castillo.

Se decía por ahí que sus poderes estaban herrumbrados, pero eso no era en absoluto cierto. Ella se había dejado, eso sí, marcar por las experiencias y había asumido su vida hasta el punto de permitirse envejecer despreocupándose de su aspecto de hada. De las doce hadas del reino, fue única en no usar sus poderes para combatir arrugas y achaques, por eso al caminar se doblaba en dos pero cuando de volar se trataba, volaba como la más grácil de entre ellas. Y cuando se trataba de crear cosas nuevas era la más creativa. Por lo cual le resultaba imposible sospechar que ya tenía reemplazante en el centro del reino.

Se volatilizó con el corazón liviano, para materializarse casi en ese mismo instante a las puertas del castillo más allá del puente levadizo sobre el foso de los cocodrilos, donde los lacayos desconcertados pretendieron impedirle el paso. La Brhada ni tiempo tuvo de apelar a sus artes de magia cuando los monarcas dieron la orden de hacerla pasar. Y tratando de remediar el gran error de no haberla invitado —negligencia que podía costarles caro— la sentaron a la mesa de las hadas.

Éstas al verla se apuraron a deglutir los manjares para lograr brindarle a la princesita todos los dones antes de que fuera demasiado tarde, antes de que la Brhada hiciera una de las suyas. Y así nimbaron a la recién nacida de cuanta femenina cualidad podía ocurrírseles, y la hicieron la más bella, la más tierna, virtuosa, rica, refinada, resplandeciente, hacendosa, encantadora, grácil, espiritual y misteriosa de las futuras damas.

Presenciando la escena nuestra hada rió entre diente —le quedaba uno solo— y decidió hacer algo para evitar el total empalago. No adivinó la presencia del hada nueva que se había escondido tras los cortinados decidida a cederle el turno para tratar después de mitigar su probable maleficio. Tampoco previó que por los siglos de los siglos se hablaría de maleficio en relación con ella al narrar la historia de los dones. Se ve que los poderes empezaban a mermarle, a la Brhada. O quizá digo mal: los poderes no merman con la edad, se acrecientan, así como había ido acrecentándose su inocencia. Se creyó la última hada, y se sintió sagaz, y frente a la esplendorosa cuna de la princesita ya bañada en el radiante almíbar de los dones, decretó que al llegar a la pubertad la más bella y tierna y grácil y simpática de todas las princesas moriría pinchada. Por un huso.

La Brhada logró así abolir de manera elegante, y nada menos que por prohibición real, el uso del huso. Al menos en ese vasto reino y sus alrededores.

Las hilanderas debieron de estarle agradecidas: ya no se llagarían más las yemas de los dedos hilando penosamente. El artefacto de Buerdagundo encontró verdadera aplicación y para el caso no se llamó más rueda, sino rueca.

El plan de la Brhada se habría cumplido a las mil maravillas de no haber sido, como todos sabemos, por cierta hadita entrometida y cierta remota vieja sorda que ignoró con sincera ignorancia la prohibición del rey. Al cumplir los quince años la radiante princesa se encontró con la vieja hilandera y como consecuencia de estos oficios poco lúcidos

CIEN AÑOS DESPUÉS

empiezan a abrirse las malezas que protegen y a la vez aprisionan a la bella durmiente y su cortejo.

Esas matas espinosas y esas zarzas, las gigantescas plantas carnívoras y las más urticantes de las ortigas se hacen benignas. Todo lo que era maraña impenetrable se alacia, donde había ciénagas empiezan a fluir arroyos cristalinos. Hasta las alimañas van perdiendo ponzoña, la tarántula se torna lampiña y rubia y se le borran los colmillos de los que manaba un veneno verdusco. Las serpientes son ahora meras culebras. El sol va poco a poco penetrando la fronda y secando las miasmas, va poniendo color allí donde todo era humedad y moho y emanaciones tóxicas.

Al avanzar, el príncipe azul cree ir restableciendo el orden. En realidad el orden va encontrando solito su propio diapasón interior. Y a lo lejos se oyen suspiros, una como respiración humana que les va borrando a las tinieblas su condición de espanto.

Los vapores ascendiendo del suelo son ahora perfumados, no ya fétidos, la descomposición a ras de tierra parece haberse revertido y la caverna profunda profundísima que se fue tragando a todos los demás príncipes azules se ha cerrado.

Ha transcurrido un siglo.

La princesa de los dones está como entonces, como en el momento de dormirse: bella, resplandeciente, refinada, hacendosa, más misteriosa que nunca. Y bastante atrasada de noticias. Sus ropajes son de otras épocas, y no sólo sus ropajes.

El príncipe azul sólo atina a cambiarle el ajuar. Es así como la quiere, con ideas de antes y la moda de su tiempo. Ella se deja hacer, sacude a sus doncellas y lacayos para despertarlos largo rato después de haber sido despertada, ella misma, por el príncipe, con un beso.

Princesa y príncipe, enamorados, cabalgan el brioso corcel blanco para dejar atrás el castillo demasiado carcomido por la fronda.

Lo que el príncipe nunca llegará a saber es que su amada princesa cien años atrás se durmió de un pinchazo. Y tampoco le importa.

¿Qué es un siglo de sueño en la vida de una dama de alcurnia? Apenas un destello.

El mundo no le ha pasado por encima porque el mundo, con todo su horror y destemplanza, no concierne a las damas. Ella toca el laúd como un ángel, sabe cantar y bordar y hacer bolillo, es a más no poder hermosa, y si de vez en cuando su cuerpo desprende un cierto olor a moho y su vello púbico se hace como de líquen, al príncipe no le importa. Ella no se preocupa por esas nimiedades y el príncipe la quiere tal cual, inocente de todo cuestionamiento vano.

La ama así y no le importa mientras ella no intente abandonar sus aposentos o enterarse de las cosas de la corte. La ama con pasión creciente mientras ella se sumerge cada vez en sueños más profundos donde cabalga víboras y la sangre se le hace clorofila y todo su cuerpo ruge como rugen las ranas a merced de tormentas. La ama mientras de sus gráciles brazos van creciendo poco a poco unos zarcillos viscosos que lo atrapan.

4 Príncipes 4

PRÍNCIPE I

Como príncipe puede que tenga sus defectos, pero sabe que para sapo es una maravilla. Igual está triste. La doncella que lo besó ya no es más de este mundo. En su momento el príncipe no quiso dejar una testigo de la mutación por él sufrida, y ahora se arrepiente. No hay nadie en el castillo que pueda narrarle su pasado, y él necesita que le hablen del charco, del repetido croar: es una cuestión de voces. Para el amor, para la reproducción digamos, le es imprescindible una voz vibrante con las exactas entonaciones de su especie. Ella era así, tenía el tono justo, pudo comprender la súplica de él. Ella comprendió y después de pensarlo un rato, atendiendo a sus ruegos, lo besó. A causa de ese simple acto no contó el cuento.

Ahora el príncipe-sapo, en su aislamiento afectivo, sólo puede repetírselo a quien quiera escucharlo. A veces lo embellece, al cuento.

No es lo mismo.

Este príncipe practica su beso que despierta. Reconoce ser único en dicha habilidad y pretende afinarla al máximo. Su éxito no es total. No importa: es extremadamente apuesto, joven, tiene tiempo.

Considera que su éxito no es total y absoluto no porque las doncellas que besa no despierten, no. Todo lo contrario. Sabe llegarse con gran sigilo hasta las castas alcobas y cuando encuentra a las doncellas sumidas en el más profundo de los sueños, las besa. Y las doncellas despiertan. Demasiado. Se vuelven exigentes, despiertan a la vida, al mundo, a sus propios deseos y apetencias; empiezan los reclamos.

No es así como él las quiere.

Insiste en su empeño porque algún día le tocará la verdadera prueba, la definitiva. Sabe que en algún lugar del desaforado reino yace una princesa hermosa, irremisiblemente dormida, que lo está esperando para su salvación. La salvación de ella y también la de él. Simultáneas, equivalentes.

Entregado a la búsqueda, el príncipe de nuestra historia besa por acá y besa por allá sin prestar demasiada atención a los resultados. Besa y se va, apenas un poco inquieto. Los años no pasan para él mientras persiste en su búsqueda. Él sigue igual de joven y de apuesto, presumiblemente más sabio. Ya besa con más sigilo, pero su beso obtiene resultados cada vez más profundos. Sigue buscando tan sólo en apariencia, desinteresado por dichos resultados.

Y cuando por fin encuentra a la bella princesa durmiente, la misma que lo espera desde siempre para ser despertada por él, no la toca. Sin besarla ni nada, sin siquiera sacarla de su facetado sarcófago de cristal, la hace transportar a palacio con infinitas precauciones. Allí la ubica en una estancia cerrada a resguardo del sol y desde lejos la contempla, inmóviles ella y él, distantes. Ella es una joya. Ella es hermosa y yace en su sarcófago como pidiendo el beso. Al príncipe el beso que despierta se le seca en la boca, se le seca la boca, todo él se seca porque nunca ha logrado aprender cómo despertar lo suficiente sin despertar del todo.

"La respeto", les dice a quienes quieran escucharlo.

Y ellos aprueban.

PRÍNCIPE III

Había una vez un príncipe que se negaba rotundamente a contraer enlace. Le presentaban a las doncellas más hermosas, y nada. Sus razones tendría, pero nadie, absolutamente nadie en todo el dilatado reino estaba dispuesto a escucharlas, suponiendo que el tan reacio príncipe estuviese a su vez dispuesto a detallarlas. Nadie lo escuchaba, y menos aún sus coronados padres, ancianos ya, quienes soñaban con una corte de nietecillos, o al menos con un sucesor del sucesor, para asegurar la continuidad de la muy azulada sangre.

Tan perentoriamente le reclamaban al príncipe que se buscara novia, que el pobre llegó a idear un subterfugio:

se casaría con la princesa que, al dormir, percibiera o percibiese (le daba lo mismo) un guisante seco del tamaño exacto de un guisante seco oculto bajo siete colchones de la mejor lana del reino.

"Quiero esposa extremadamente sensible", alegó el príncipe, y los monarcas aceptaron la exigencia del delfín comprendiendo que la sensibilidad, así sea epidérmica, resulta excelente requisito para una futura reina.

Fue así como emisarios montados en los más briosos corceles de palacio emprendieron la carrera allende bosques y sierras hacia los reinos periféricos, y las jóvenes princesitas casaderas se aprestaron a dormir sobre los siete colchones designados sin saber bien qué se esperaba de ellas pero teniendo las más oscuras, deleitosas sospechas. Por cierto infundadas, las sospechas. Por lo tanto ninguna de ellas detectó el guisante oculto bajo el séptimo colchón contando desde arriba, y el príncipe de nuestro cuento estuvo en un tris de celebrar su celibato cuando de lejos se vio llegar la carroza aquella a paso de hombre cansado.

Lenta, lentísimamente avanzó la carroza hasta las puertas mismas del castillo, y dieciocho lacayos con guantes acolchados depositaron a la princesa sobre un espumoso palanquín especialmente diseñado para ella.

Era muy hermosa la joven princesita, muy rubiecita y blanca, y los monarcas del reino se alegraron porque intuyeron que ella si pasaría la prueba. E intuyeron bien. Y se fijó fecha para la magna boda, pero hubo que ir postergándola y postergándola por problemas de la futura esposa: que el recamado de perlas del vestido de novia se le clavaba en la finísima piel de sus hombros color albayalde, que el velo de tul de ilusión le raspaba la naricita, que una sutilísima costura en los guantes de gasa le arañaba la mano. Esos detalles.

El príncipe daba órdenes y contraórdenes a las costureras· reales pretendiendo satisfacer a su prometida, pero sin jamás de los jamases convocar a hada alguna por miedo a que le arruinara el pastel. No precisamente el de bodas.

PRÍNCIPE IIII

En este reino remoto el príncipe tiene un nombre para ser leído de atrás para delante y de delante para atrás. Así como su nombre son sus acciones. No se cotizan en bolsa. No admiten crítica ni comentario alguno.

Nuestro príncipe parece haber aprendido artes marciales de Oriente y sabe: él no está nunca donde debería estar, donde estaba un segundo atrás. Por lo tanto allí donde sus enemigos golpean él ya no está. Así es de escurridizo. No está en sus promesas ni en sus afirmaciones del minuto anterior ni en la palabra empeñada. El Monte de Piedad del reino está atiborrado con las palabras del príncipe; él no las reclama. Palabra empeñada o dada es palabra que ya no le interesa, ni siquiera para arrinconarla en la memoria.

La palabra memoria, verbigracia: olvidada por decreto, relegada desde su más tierna infancia. El mísero nacimiento de un recuerdo es aquí motivo de ostracismo.

No hay en este reino ni persecución ni cárceles. Simplemente hay nuevas reglas de juego. Siempre, a cada paso, las reglas son otras y otro es el juego para el gran vencedor, el príncipe.

Todo empieza con él y con él todo acaba. Quienes no pueden seguirlo, quienes no cambian de dirección y mutan y atienden los intereses del príncipe, caen como *pins*. No importa. Ya no se juega al bowling. Se juega a otros juegos más sutiles y recientes. Se juega al Final de la Historia, o al Posmodernismo, juego este que es pura parodia, que nunca es tomado en serio, gracias a lo cual cumple con precisión su cometido.

La densidad de las palabras

Mi hermana, dicen, se parecía a padre. Yo —dicen— era el vivo retrato de madre, genio y figura. "Como todo el mundo quiere generalmente a quien se le asemeja, esta madre adoraba a su hija mayor y sentía al mismo tiempo una espantosa aversión hacia la menor. La hacía comer en la cocina y trabajar constantemente." Así al menos reza el cuento, parábola o fábula, como quieran llamarlo, que se ha escrito sobre nosotras. Se lo puede tomar al pie de la letra o no, igual la moraleja final es de una perversidad intensa y mal disimulada.

Padre, en el momento de narrarse la historia, ya no estaba más acá para confirmar los hechos.

El hada tampoco.

Porque hada hubo, según parece. Un hada que se desdobló en dos y acabó mandándonos a cada una de las hermanas a cumplir con ferocidad nuestros destinos dispares. Destinos demasiado esquemáticos. Intolerables ambos.

¿Qué clase de hermanas fuimos? Qué clase de hermanas, me pregunto. Y otras preguntas más: ¿quién quiere parecerse a quién? ¿Quién elige y por qué?

Bella y dulce como era, se cuenta —parecida a nuestro padre muerto, se cuenta—, mi hermana en su adolescencia hubo de pagar los platos rotos o más bien lavarlos, y fregar los pisos e ir dos veces por día a la lejana fuente en procura de agua. Parecida a madre, la muy presente, tocome como ella ser la mimada, la orgullosa, la halagada, la insoportable y caprichosa, según lo cuenta el tal cuento.

Ahora las cosas han cambiado en forma decisiva y

de mi boca salen sapos y culebras.

De mi boca salen sapos y culebras. No es algo tan terrible como suena, estos animalejos tienen la piel viscosa, se deslizan con toda facilidad por mi garganta.

El problema reside en que ahora nadie me quiere, ni siquiera madre que antes parecía quererme tanto. Alega que ya no me parezco más a ella. No es cierto: ahora me parezco más que nunca.

De todos modos es así y no tengo la culpa. Abro la boca y con naturalidad brotan los sapos y brotan las culebras. Hablo y las palabras se materializan. Una palabra corta, un sapo. Las culebras aparecen con las palabras largas, como la misma palabra culebra, y eso que nunca digo víbora. Para no ofender a madre.

Aunque fue ella quien me exilió al bosque, a vivir entre zarzas después de haberme criado entre algodones. Todo lo contrario de mi hermana que a partir de su hazaña vive como princesa por haber desposado al príncipe.

"Tú en cambio nunca te casarás, hablando como hablas actualmente, bocasucia", me increpó madre al poco de mi retorno de la fuente, y pegó media vuelta para evitar que le contestara y le llenara la casa de reptiles. Limpitos, todos ellos, aclaro con conocimiento de causa.

Ya no recuerdo en cuál de mis avatares ni en qué época cometí el pecado de soberbia.

Tengo una vaga imagen de la escena, como en sueños. Me temo que no se la debo tanto a mi memoria ancestral como al hecho de haberla leído y releído tantas veces y en versiones varias.

Todo empieza —empezó— cierta mañana cuando mi hermana de regreso de la fuente nos dijo Buenos días y de su boca saltaron dos perlas enormes que se echaron a rodar. Mi madre les dio caza antes de que desaparecieran bajo la alacena. Bien, rió mi hermana y de su boca cayó una esmeralda, y por fin puesta a narrar su historia regó por todo el piso fragantes flores y fulgurantes joyas.

Mi madre entonces ni corta ni perezosa me ordenó ir a la misma fuente de la que acababa de retornar mi hermana para que la misma hada me concediera un idéntico don. Por una sola vez, insistió madre, ni siquiera debes volver con el cántaro lleno, sólo convidarle unos sorbos a la horrible vieja desdentada que te los pida, como hizo tu hermana y mira qué bien le fue. No es horrible, protestó mi hermana la muy magnánima y de su boca chorrearon unas rosas y me pregunté por qué no se pincharía de una buena vez con las espinas. Para nada horrible, claro está, se retractó madre rápidamente, para nada: se trata de un hada generosa aunque muy entrada en años que le concedió a tu hermana este resplandeciente don y contigo hará lo propio. Tu bella hermana, dice ahora al verla por vez primera.

Fue así como me encaminé a la fuente, protestando. Llevaba un leve botellón de plata y me instalé a esperar la aparición de la desdentada pedigüeña. Dispuesta estaba a darle su sorbo de agua al hada

vieja, sí, pero no a la dama de alcurnia, emperifolla-
da ella, que apareció de golpe y me reclamó un trago
como quien da una orden. No señora, le dije categó-
rica, si tenéis sed procuraos vos misma un recipien-
te, que yo estoy acá para otros menesteres.

    Y fue así como
                ahora
                      estoy sola en el bosque y de mi boca
s a l e n   s a p o s   y   c u l e b r a s.

    No me arrepiento del todo: ahora soy escritora.

    Las palabras son mías, soy su dueña, las digo
sin tapujos, emito todas las que me estaban vedadas;
las grito, las esparzo por el bosque porque se alejan
de mí saltando o reptando como deben, todas con
vida propia. Me gustan, me gusta poder decirlas
aunque a veces algunas me causen una cierta repugnancia. Me sobrepongo a la repugnancia y ya puedo
evitar totalmente las arcadas cuando la viscosidad
me excede. Nada debe excederme. Los sapos me
rondan saltando con cierta gracia, a las culebras me
las enrosco en los brazos como suntuosas pulseras.
Los hombres que quieren acercarse a mí —los pocos
que aparecen por el bosque— al verlas huyen despa-
voridos.

    Los hombres se me alejan para siempre.

    ¿Será ésta la verdadera maldición del hada?

    Porque una maldición hubo. Hasta la cuenta el
cuento, fábula o parábola del que tengo una vaga
memoria —creo haberlo leído—. La reconozco en
esto del decir mal, del mal decir diciendo aquello
que los otros no quieren escuchar y menos aún ver
corporizado. Igual al apropiarme de todas las palabras mientras merodeo por el bosque me siento pri-
vilegiada. Y bastante sola. Los sapos y culebras no

son compañía lúcida aunque los hay de colores radiantes como joyas. Son los más ponzoñosos. Hay culebras amigas, sin embargo, ranitas cariñosas. Me consuelan.

Me consuelan en parte. Pienso a veces en mi hermana, la que fue a la fuente y retornó escupiendo tesoros. Sus dulces palabras se volvieron jazmines y diamantes, rubíes, rosas, claveles, amatistas. El recuerdo no me hace demasiado feliz. Mi hermana, me lo recuerda el cuento, era bella, dulce, bondadosa. Y además se convirtió en fuente de riquezas. El hijo del rey no desaprovechó tamaña oportunidad y se casó con ella.

Yo, en cambio, entre sapos y culebras, escribo. Con todas las letras escribo, con todas las palabras trato de narrar la otra cara de una historia de escisiones que a mí me difama.

Escribo para pocos porque pocos son quienes se animan a mirarme de frente.

Este aislamiento de alguna forma me enaltece. Soy dueña de mi espacio, de mis dudas —¿cuáles dudas?— y de mis contriciones.

Ahora sé que no quiero bellas señoras que vengan a pedirme agua. Quizá no quiera hadas o maravillamientos. Me niego a ser seducida.

Casi ni hablo.

A veces lo viscoso emerge igual, en un suspiro.

De golpe se me escapa de la boca una lagartija iridiscente. Me hace feliz, por un buen rato quedo contemplándola, intento emitir otra sin lograrlo, a pesar de reiterar la palabra lagartija. Sólo sapos y más sapos que no logran descorazonarme del todo. Beso algunos de los sapos por si acaso, buscando la forma de emular a mi hermana. No obtengo resultado, no hay príncipe a la vista, los sapos siguen sapos y salidos como salen de mi boca quizá hasta pueda reconocerlos como hijos. Ellos son mis palabras. Entonces callo. Sólo la lagartija logra arrancarme una sonrisa. Sé que no puedo atraparla y ni pienso en besarla. Sé también que de ser hembra, y bajo ciertas circunstancias, podría reproducirse solita por simple partenogénesis, como se dice. Ignoro a qué sexo pertenece. Otro misterio más, y ya van cientos.

Pienso en mi hermana, allá en su cálido castillo, recamándolo todo con las perlas de palabras redondas, femeninas. Mi lagartija, de ser macho, de encontrar a su hembra, le mordería el cuello enroscándose sobre ella hasta consumar un acto difícilmente imaginable por la razón pero no por los sentidos. Mi hermana allá en la protección de su castillo azul —color de príncipe— estará todo el día armando guirnaldas con sus flores, enhebrando collares de piedras preciosas variopintas y coronas que caducarán en parte. En cambio yo en el bosque no conozco ni un minuto de tedio. Yo me tengo que ir abriendo camino en la maleza mientras ella andará dando vueltas por un castillo rebosante de sus propias palabras. Debe proceder con extrema cautela para no rodar por culpa de una perla o para no cortarse la lengua con el filo de un diamante. Sus besos deben ser por demás silenciosos. Dicen que el príncipe es bellísimo, dicen que no es demasiado intelectual y la conversación de mi hermanita sólo le interesa por su valor de cambio. No puede ser de otra manera. Ella hablará de bordados, del tejido, de los quehaceres domésticos que ama ahora que no tiene obligación alguna de ejercerlos. El castillo desborda de riquezas: las palabras de ella.

Yo a mis palabras las escribo para no tener que salpicarlas con escamas. Igual relucen, a veces, según cómo les dé la luz, y a mí se me aparecen como joyas. Son esas ranitas color fuego con tachas de color verde quetzal, tan pequeñas que una se las pondría de prendedor en la solapa, tan letales que los indios de las comarcas calientes las usan para envenenar sus flechas. Yo las escupo con cierta gracia y ni me rozan la boca. Son las palabras que antes me estaba prohibido mascullar. Ahora me desacralizan, me hacen bien. Recupero una dignidad desconocida.

Las hay peores. Las estoy buscando.

Antes de mandarme al exilio en el bosque debo reconocer que hicieron lo imposible por domarme. Calla, calla, me imploraban. El mejor adorno de la mujer es el silencio, me decían, en boca cerrada no entran moscas. ¿No entran? ¿Entonces con qué alimento a mis sapos?, pregunté alarmada, indignada más bien, sin admitir que mis sapos no existen antes de ser pronunciados.

Triste es reconocer que tampoco existiría yo, sin pronunciarlos.

A mi hermana la bella nadie le reclama silencio, y menos su marido. Debe de sentirse realizada.

Yo en cambio siento lo que jamás sentí antes de haber ido a la fuente. Y no me importa avanzar entre la zarza o ir apartando ramas que me obstruyen el paso. Menos me importa cuando los pies se me hunden en la resaca de hojas podridas y los troncos de árboles caídos ceden bajo mi peso. Me gustan las lágrimas del bosque llorando como líquenes de las ramas más altas: puedo hablar y cantar por estas zonas y los sapos que emergen en profusión me lo agradecen. Entonces bailo al compás de mis palabras y las voy escribiendo con los pies en una caligrafía alucinada.

Aprovecho las zonas más húmedas del bosque para proferir blasfemias de una índole nueva para una mujer. Ésta es mi prerrogativa porque de todos modos —como creo haber dicho— de mi linda boquita salen sapos y culebras, escuerzos, renacuajos y demás alimañas que se sienten felices en lo húmedo y retozan. También yo retozo con todas las palabras y las piernas abiertas.

Pienso en la edulcorada de mi hermana que sólo tiene al alcance de la boca palabritas floridas. La compadezco, a veces.

Pienso que si ella se acuerda de mí, cosa poco probable allá en su limbo, también quizá me esté compadeciendo. Equivocadamente. Porque en el bosque en medio de batracios soy escritora y me siento en mi casa. A veces. Cuando no llueve y truena y el croar se me hace insoportable como el mugido de mil toros en celo.

Los detesto. Los temo. A los toros en celo que no existen.

Mi hermana en cambio sólo ha de conocer dulces corderillos entre cuyos vellones ella enhebra zafiros y salpica con polvo de topacios y adorna con hibiscus detrás de las orejas. Monumento al mal gusto.

Yo, el mal gusto, sólo en la boca cuando alguna de las siguientes preguntas se me atraganta: ¿quién me podrá querer? ¿quién contenerme?

Pero soy escritora. Sapos y culebras resumen mi necesidad de amor, mi necesidad de espanto.

Conste que no pronuncio la palabra cobra, o yarará, la palabra pitón o boa constrictor. Y en ese no pronunciar puedo decirlo todo.

Necesario es reconocer que tanto mi hermanita como yo disfrutamos de ciertos privilegios Casi ni necesitamos alimento, por ejemplo; las palabras nos nutren. A fuerza de avanzar por el bosque yo me siento ligera, ella debe de estar digamos rellenita con sus vocablos dulces. Un poquito diabética, la pobre. No quiero imaginarla y la imagino, instalada en su castillo que empiezo a divisar a lo lejos. No quiero ni acercarme.

La corte de sapos croa, las víboras me van guiando por una picada en el bosque cada vez más ralo, voy llegando a la pradera y no quiero acercarme al castillo de mi hermana. Igual me acerco.

La veo a la distancia: ella está en una torre de vigía, me aguarda, la veo haciéndome gestos de llamada y seguramente me llama por mi nombre porque en el aire vuelan pétalos blancos como en una brisa de primavera bajo cerezos en flor. Mi hermana me llama —caen pétalos—, yo corro hacia ella. Hacia el castillo que en ese instante va abriendo su por suerte desdentada boca al bajar el puente levadizo. Corro más rápido, siempre escoltada por mi corte de reptiles. No puedo emitir palabra. Mi hermana se me acerca corriendo por el puente y cuando nos abrazamos y estallamos en voces de reconocimiento, percibo por encima de su hombro que a una víbora mía le brilla una diadema de diamantes, a mi cobra le aparece un rubí en la frente, cierta gran flor carnívora está deglutiendo uno de mis pobres sapos, un escuerzo masca una diamela y empieza a ruborizarse, hay otra planta carnívora como trompeta untuosa digiriendo una culebra, una bromelia muy abierta y roja acoge a un coquí y le brinda su corazón de nido. Y mientras con mi hermana nos decimos todo lo que

151

no pudimos decirnos por los años de los años, nacen en la bromelia mil ranas enjoyadas que nos arrullan con su coro digamos polifónico.

Avatares

EL SEÑOR DEL SUR se aburre, se aburre el Señor del Norte y, al igual que en las tres últimas, en esta su reunión anual se quejan. Ya no saben qué hacer para divertirse, o saben poco. Aquello que les produjo tanta gratificación en sus años mozos hoy ni pueden soñarlo. La guerra. Ni soñar con la guerra pueden ahora. El Rey Central les contuvo las ínfulas tiempo atrás: los conminó, los exhortó, los convenció y para tratar de aplacarlos por último los premió. Pero al ver que todo eran recaídas y relapsos acabó amenazándolos seriamente. Muy seriamente, como todo lo que hace su Alteza. Y tanto el Señor del Norte como el del Sur comprendieron el riesgo que corrían no sólo sus respectivos ducados sino sobre todo sus respectivas testas. Por lo tanto no les quedó más que aburrirse, quejarse cuando cada año se encontraban y apenas permitirse alguna diversión muy de entrecasa cuando estaban en casa.

"Añoro los tiempos de la guerra cuando impunemente podía cortarles las orejas, la lengua y todo lo demás que cuelga a cada uno de mis infames prisioneros. Cortárselo de propia mano, claro está", suspiraba el Señor del Sur.

"Cómo añoro las tiernas, tiernísimas doncellitas impúberes que era casi casi mi deber desflorar a

153

mansalva después de las batallas", se lamentaba el del Norte.

"Y ahora, nada", suspiraba uno, disconforme.

"Y ahora, nada. Aunque a veces, un poquito…"

El Rey Central, como ya señalamos, supo reprenderlos, conminarlos, reconvenirlos, hasta lograr por fin convencerlos y por eso mismo premiarlos —dado que los conocía mal— ofreciéndoles a cada uno una de sus dulces hermanas en matrimonio. El Rey Central tenía excedente de hermanas, por cierto, pero no fue ése el motivo.

Las pobres delicadas princesas duraron poco en esos feudos bárbaros. La del Norte murió de parto, y en cuanto a la del Sur, la causa de su muerte provocó gran desconcierto, cubierta de moretones como estaba.

Lo cierto es que dejaron sendas hijas, diminutas, llorosas. Y hasta ahí llegaba la simetría en lo que a nuestros dos Señores se refiere. No así la camaradería.

Y ya que no podían ser más deleitados contrincantes en las lides de guerra, compadres se tornaron en el momento de salir a procurarse esposas nuevas. Y con tal excusa se dedicaron escrupulosamente a recorrer cuanto lenocinio, casa de mayor o menor tolerancia, burdel o lupanar había por los vastos caminos de sus respectivas comarcas. No lo hicieron con la intención de hallar allí reemplazante alguna para las frágiles princesas, pero sí con la idea de irse fogueando. A su paso fueron despertando más de una queja, cosa bastante sorprendente si se considera el tenor de tales establecimientos; un verdadero logro, afirmaban ellos mismos escudándose en la impunidad conferida por su rango.

Hasta que por fin estos Señores, cada cual por su lado, encontraron consortes hechas a su medida: el señor del Norte encontró mujer sumamente joven, muy bella y veleidosa, que si bien pronto dejó de ser tan radiantemente joven supo conservar su capricho juvenil y su belleza gracias a una atención esmerada y sostenida.

En cuanto al señor del Sur, dio éste con una viuda rabiosa con tres hijas rabiosas, y si bien no le interesaban las tres hijas como podrían haberle interesado a su compadre del Norte, supo que ese mujerío iba a poner animación en su soporífero castillo, dormido en demasía por culpa de la apagada y sumisa de su hija adolescente. Al señor del Sur no le gustaban las sumisas, odiaba las sumisas, a cada rato le daban ganas de patearla a su hija y en efecto lo hacía con sus botas de montar. O le sacudía un sopapo cuando la pobre niña menos se lo esperaba, y la muy idiota ni siquera es capaz de chillar como Dios manda, se quejaba el Señor, sólo sabe gimotear en un rincón cual un perro apaleado.

"¿Y no es bonitilla, la pequeña, no es delicada y blanca como la nieve, con sus labiecitos carmín cual la gota de sangre en el pulgar de una futura madre, no tiene un culito turgente y redondito, como la mía?", preguntábale entonces el del Norte.

"Pues si lo tiene ni me he enterado, y puede que sea bonita pero os juro que no permitiré que lo deje traslucir. No vale la pena. La tenemos siempre hecha una roña."

"Ah, no, yo a mi pequeña niña, mi delicia, mi encantadora Nieves, la tengo siempre hecha un primor. Siempre va con sus faldas tan bien almidonadas que sólo yo, a veces, puedo en la intimidad observarle sus delicados piececillos, y lleva su corpiño de terciopelo negro siempre bien ceñido al cuerpo y ya se le escapan sus pechecillos tiernos cual blancos pichones queriendo salir del nido. Esa niña me tiene a mal traer, y aunque mi casi joven esposa se enfurezca, no dejo de halagarla y alabarla ni un minuto, y más ahora que se está tornando tan bella. Además, ¿qué me importan las rabietas de Gumersinda al respecto? Nieves es mi hijita querida y al cariño de un padre no hay que ponerle coto; y además los celos de Gumersinda me estimulan. Ponen una pizca de sal en el monótono transcurrir de estos años de paz que para mí son como milenios."

"La paz nos está conduciendo a la locura."

"Yo trato de distraerme azuzándola a mi Gumersinda. Y ella me interroga cuando no puede más: 'Espejo, Espejo', me llama, porque mi esposa debe mantenerme el respeto y dirigirse a mí por mi nombre de familia, le tengo prohibido pronunciar mi primer nombre, sólo a mi dulce Nieves le permito tamaña confianza, 'Espejo, Espejo', me llama entonces Gumersinda, y después me pregunta '¿Quién es la más bella entre las bellas?' Yo naturalmente contéstole siempre: Mi Nieves, mi Blanquita. Esta respuesta, legítima por cierto, tiene el añadido mérito de enloquecerla de furia, y a mí me divierte, me hace reír a mandíbula batiente como en los buenos viejos tiempos de pillajes y saqueos que ambos tanto añoramos."

Y para continuar con este tenor de confesiones, los dos Señores, el del Norte y el del Sur, convocan al mesonero y le ordenan más perdices, medio jabalí asado, una pata de ciervo y otras dos jarras rebosantes de aguamiel.

MIENTRAS TANTO, EN EL CASTILLO DEL NORTE el guardabosques ha retornado con su engañoso trofeo después de haberse consumado los incidentes por todos conocidos. Y al tiempo que la niña, perdida, avanza por el bosque hacia su séptuple destino, la madrastra cree estar preparando un guiso con el corazón de ésta para servírselo de cena al perverso de su esposo cuando retorne de la reunión cumbre.

"Ahora que diga no más ese desgraciado que su adorable hijita está como para comérsela, que está como para chuparse los dedos, que es un budincito. Que lo diga, no más", mascula la madrastra mientras mistura y muele el menjunje en la marmita.

"OS RECONOZCO méritos de buen padre, cariñoso en exceso", ríe no sin cierto sarcasmo el señor del Sur mientras consumen entrambos la séptima jarra de hidromiel. Y agrega:

"Mi hija no logra despertar en mí tamaño interés ni tan meritorias pasiones, todo lo contrario, ya os lo dije. Y eso que tiene casi la misma edad de la vuestra, es apenas mayorcita si no me equivoco, por lo cual las teticas ya le habrán nacido y otros melindres de mujer, de seguro, pero eso a mí me deja indiferente; la tenemos todo el día limpiando las cenizas del hogar, haciendo los quehaceres más rudos. Ni mi consorte ni yo tolerámosle mañas. A estas criaturas debe tratárselas con mano dura, la mía hasta su nombre ha perdido, mis hijastras que son la mar de graciosas la llaman por un apelativo que habla de su baja condición y de su inmundicia. Bien le tengo dicho a mi consorte que hay que disciplinarla a mi hija, y quien se encarga de ello es precisamente mi consorte, que yo ya tengo trabajo suficiente con disciplinarla a ella, mi consorte".

Los Señores se ponen de pie para orinar. Ya que están, se palmean mutuamente la espalda.

MIENTRAS TANTO EN EL CASTILLO DEL SUR está ocurriendo lo que hoy es de dominio público, y al tiempo que en la cenicienta cocina el hada busca un par de ratones y una calabaza para la célebre transformación, la pérfida madrastra y sus tres pérfidas hijas ya están por llegar al baile, riendo todavía hasta las lágrimas. "Lástima que mi Señor esté tan atareado atendiendo los asuntos del Feudo", comenta la madre, "pues nadie mejor que él para disfrutar la desazón de la inmunda de su hija; pensar que pretendía venir al suntuoso baile en el palacio del Rey Central, la muy andrajosa, la muy desarrapada, bien que nos burlamos de ella, ¿no es cierto, mis hermosas? Mi señor va a alborozarse cuando le cuente".

EN LA MAL LLAMADA reunión cumbre, el Señor del Norte y el Señor del Sur se han quedado dormidos sobre la mesa, todavía aferrados a sus jarras de hidromiel, ya engullidas las perdices y la carcasa del jabalí casi pelada. Duermen el pesado sueño de los que se creen sin culpa, por eso mismo no se permiten los sueños. Y roncan llenando además el aire de sonoras flatulencias.

Los ronquidos de los padres no llegan allí donde las niñas empiezan a cobrar brillo propio.

COMO DE ORO me siento, por fin toda yo como el sol, sé del sol aunque sea de noche la noche más luminosa del mundo y emerjo de mi carroza de oro, un oro rojo casi color zapallo, los corceles color oro viejo me han traído hasta acá, avanzo por los pasillos acompañada por el rumor de mis vestimentas tejidas en fino hilo de oro, voy calzada como corresponde con los zapatitos más bellos del mundo, los lacayos me hacen reverencias, avanzo en la luz dorada del palacio, el hijo del Rey corre a mi encuentro, nos reconocemos como habiéndonos encontrado tantas veces en tantas otras épocas y abrimos el baile. Ay, cómo bailamos, y en el baile voy ascendiendo en espirales, me ablando y me dejo llevar, me elevo, yo, la misma que en el castillo de mi padre debía ser toda hecha de durezas para fregar los pisos como me ordenaban, dura para restregar las marmitas y limpiarle al hogar su hollín de siglos. Dura a más no poder y resistente para aguantar los golpes, con la espalda más firme de esta tierra. Ahora mi espalda y mis hombros relucen como cubiertos de un finísimo doradísimo polvillo y mi piel que nunca vio la luz del día refleja los candelabros de oro y cobra brillo propio, tan suave y dúctil soy. Fluyo con el manso fluir de la música. Yo, que nunca supe nada de la música, me elevo entre unos brazos que son de terciopelo y de caricia. Yo, que nunca supe nada de caricias. Bailo, me elevo hasta el sol y ya soy otra. Soy del aire, estoy en medio de un vórtice que me aspira hacia arriba, hacia el sol más radiante. Ya no hay brazos, no hay palacio, sólo luz. Me entrego.

COMO DE PLATA ME SIENTO, hecha de luna o mejor de tierra, de las más profundas entrañas de la tierra donde brillan las vetas de plata pura. Voy cavando muy hondo, abriendo socavones para internarme en

159

el corazón del mundo. Hace calor aquí, la tierra me recibe. Tengo siete pequeños guías y los siete son mineros. Ellos siempre se dirigían a la mina, cantando, y un día les pedí irme con ellos. Mujeres traen mala suerte en la mina, se disculparon, pero supe convencerlos. Al llegar los demás mineros me miraron con furia como queriendo asesinarme, pero los siete pequeños son mis protectores; siete como los pecados capitales que no cometí pero es como si los hubiera cometido porque amo a los siete. Eso me ayuda a avanzar en la mina, en esta oscuridad de víscera mortecinamente iluminada a tramos muy cortos por candiles. Todo es negro acá, todo como el carbón y río al pensar qué será de mi tan inmaculada piel, mi falda almidonada, mi apretado corpiño de terciopelo. Siento los pechos al aire pero aquí casi no hay aire, respiro los efluvios más infectos, las miasmas de azufre y está bien luego de haber respirado tanto aire enrarecido por el lujo. Las rocas más filosas me desgarran la piel y está bien luego de haber recibido tanta caricia densa. Es un camino a oscuras lleno de escollos y está bien, lo respeto, es un camino. Encuentro untuosidades repugnantes, ciénagas; las acepto. Aquí en esta profundidad acepto todo y, lo que es más, lo asumo.

MIENTRAS TANTO, EN LOS FEUDOS DEL NORTE Y DEL SUR siguió ocurriendo lo que todos sabemos, sin tomar en cuenta para nada los caminos iniciáticos recorridos por las dos niñas que ya no son más niñas, que a partir de este momento empezarán a narrar sus respectivos cuentos, los mismos que tanta infinidad de veces han sido contados por los otros:

SOMOS BLANCACIENTA Y CENINIEVES, un príncipe vendrá si quiere, el otro volverá si vuelve. Y si no, se la pierden. Nosotras igual vomitaremos el veneno, pisaremos esta tierra con paso bien calzado y seguro.

La llave

Una muere mil muertes. Yo, sin ir más lejos, muero casi cotidianamente, pero reconozco que si todavía estoy acá para contar el cuento (o para que el cuento sea contado) se lo debo a aquello por lo cual tantas veces he sido y todavía soy condenada. Confieso que me salvé gracias a esa virtud, como aprendí a llamarla aunque todos la llamaban feo vicio, y gracias a cierta capacidad deductiva que me permite ver a través de las trampas y hasta transmitir lo visto, lo comprendido.

Ay, todo era tan difícil en aquel entonces. Dicen que sólo Dios pudo salvarme, mejor dicho mis hermanos —mandados por Dios seguramente—, que me liberaron del ogro.

Me lo dijeron desde un principio. Ni un mérito propio supieron reconocerme, más bien todo lo contrario.

Los tiempos han cambiado y si he logrado llegar hasta las postrimerías del siglo XX algo bueno habré hecho, me digo y me repito, aunque cada dos por tres traten de desprestigiarme nuevamente.

Tan buena no serás si ahora te estás presentando en la Argentina, ese arrabal del mundo, me dicen los resentidos (argentinos, ellos).

Aun así, aun aquí, la vida me la gano honradamente aprovechando mis condiciones innatas. Me lo debo repetir a menudo, porque suelen desvalorizarme tanto que acabo perdiéndome confianza, yo, que tan bien supe sacar fuerzas de la flaqueza.

De esto sobre todo hablo en mis seminarios: cómo desatender las voces que vienen desde fuera y la condenan a una. Hay que ser fuerte para lograrlo, pero si lo logré yo que era una muchachita inocente, una niña de su casa, mimada, agraciada, cuidada, cepillada, siempre vestida con largas faldas de puntilla clara, lo pueden lograr muchas. Y más en estos tiempos que producen seres tan aguerridos.

Dicto mis seminarios con importante afluencia de público, casi todo femenino, como siempre casi todo femenino. Pero al menos ahora se podría decir que arrastro multitudes. Me siento necesaria. Y eso que, como dije al principio, una muere mil veces y yo he muerto mil veces mil; con cada nueva versión de mi historia muero un poco más o muero de manera diferente.

Pero hay que reconocer que empecé con suerte, a pesar de aquello que llegó a ser llamado mi defecto por culpa de un tal Perrault —que en paz descanse—, el primero en narrarme.

Ahora me narro sola.

Pero en aquel entonces yo era apenas una dulce muchachita, dulcísima, ni tiempo tuve de dejar atrás el codo de la infancia cuando ya me tenían casada con el hombre grandote y poderoso. Dicen que yo lo elegí a mi señor y él era tan rudo, con su barba de color tan extraño... Quizá hasta logró enternecerme: nadie parecía quererlo.

Cierto es que él no hacía esfuerzos para que lo quisieran. Quizá por eso mismo me enterneció un poco.

No trato este delicado tema en mis seminarios. Al amor no lo entiendo demasiado por haberlo rozado apenas con la yema de un dedo. En cambio de lo otro entiendo mucho. Se puede decir que soy una verdadera experta, y quizá por eso mismo el amor se me escapa y los hombres me huyen, a lo largo de siglos me huyen los hombres porque he hecho de pecado virtud y eso no lo perdonan.

Son ellos quienes nos señalan el pecado. Es cosa de mujeres, dicen (pero tampoco quiero meterme por estos vericuetos, hay sobre el tema tanta especialista, hoy día).

Digamos que sólo intento darles vuelta la taba, como se dice por estas latitudes; o más bien invertir el punto de vista.

Desde siempre, repito, se me ha acusado de un defecto que si bien pareció llevarme en un principio al borde de la muerte acabó salvándome, a la larga. Un "defecto" que aprendí —con gran esfuerzo y bastante dolor y sacrificio— a defender a costa de mi vida.

De esto sí hablo en mis grupos de reflexión y seminarios, y también en los talleres de fin de semana.

Prefiero los talleres. Los conduzco con sencillez y método. A saber:

El viernes a última hora, durante el primer encuentro, narro simplemente mi historia. Describo las diversas versiones que se han ido gestando a lo largo de siglos y aclaro por supuesto que la primera es la cierta: me casé muy muy joven, me tendieron lo que algunos podrían considerar la trampa, caí en la trampa si se la ve de ese punto de vista, me salvé, sí, quizá para salvarlas un poquito a todas.

Hacia el fin de la noche, según la inspiración, lo agrando más y más al ogro de mi ex marido y le pinto la barba de tonos aterradores. No creo exagerar, de todos modos. Ni siquiera cuando describo su vastísima fortuna.

No fue su fortuna la que me ayudó a llegar hasta acá, me ayudó este mismo talento que tantos me critican. La fortuna de mi marido, que naturalmente heredé, la repartí entre mis familiares más cercanos y entre los pobres. Al castillo lo dejé para museo aunque sabía que nadie lo iba a cuidar y que finalmente se derrumbaría, como en realidad ocurrió. No me importa, yo no quise ensuciarme más las manos. Preferí pasar hambre. Me llevó siglos perfeccionar el entendimiento gracias al cual realizo este trabajo de concientización, como se dice ahora.

El viernes por lo tanto sólo empleo material introductorio, pero las dejo a todas motivadas para los trabajos que las esperan durante el fin de semana.

El sábado por la mañana, después de unos ejercicios de respiración y relajamiento que fui incorporando a mi técnica cuando dictaba cursos en California, paso a leerles la moraleja que hacia fines del 1600 el tal Perrault escribió de mi historia:

"A pesar de todos sus encantos, la curiosidad causa a menudo mucho dolor. Miles de ejemplos se ven todos los días. Que no se enfade el sexo bello, pero es un efímero placer. En cuanto se lo goza ya deja de ser tal y siempre cuesta demasiado caro".

¡La sagrada curiosidad, un efímero placer!, repito indignada, y mi indignación permanece intacta a lo largo de siglos. Un efímero placer, esa curiosidad que me salvó para siempre al impulsar en aquel entonces —cuando mi señor se fue de viaje dejándome el enorme manojo de llaves y la rotunda interdicción de usar la más pequeña— a develar el misterio del cuarto cerrado.

¿Y nadie se pregunta qué habría sido de mí, en un castillo donde había una pieza llena de mujeres degolladas y colgadas de ganchos en las paredes, conviviendo con el hombre que había sido el esposo de dichas mujeres y las había matado seguramente de propia mano?

Algunas mujeres de los seminarios todavía no entienden. Que cuántas piezas tenía en total el castillo, preguntan, y yo les contesto como si no supiera hacia dónde apuntan y ellas me dicen qué puede hacernos una pieza cerrada ante tantas y tantas abiertas y llenas de tesoros y yo las dejo no más hablar porque sé que la respuesta se las darán ellas mismas antes de concluir el seminario.

Las hay que insisten. Ellas en principio hubieran optado por una vida sin curiosidad, callada, a cambio de tantas comodidades.

¿Comodidades?, pregunto yo, retóricamente, ¿comodidades, frente a la puerta cerrada de una pieza que tiene el piso cubierto de sangre, una pieza llena de mujeres muertas, desangradas, colgadas de ganchos y seguramente un gancho allí, limpito, esperándome a mí?

Todas ellas fueron víctimas de su propia curiosidad, me dicen los manuales y muchas veces también me lo señala la gente que participa en los talleres.

¿Y la primera?, les pregunto tratando de conservar la calma. ¿Curiosidad de qué tendría la primera, y qué habrá visto?

En mis épocas de joven castellana prisionera —sin saberlo— del ogro, la suerte, mejor llamada mi curiosidad, me ayudó a romper el círculo. De otra forma tengan por seguro que habría ido a integrar el círculo. La sola existencia de ese cuarto secreto hacía invivible la vida en el castillo.

Se genera mucha discusión a esta altura. Porque yo presento las opciones, y entre todas escarbamos en las opciones, y curioseamos, y nos entregamos a actividades bellamente femeninas: desgarramos velos y destapamos ollas y hacemos trizas al mal llamado manto de olvido, el muy piadoso según dice la gente.

Antes de terminar el trabajo del sábado retomo el tema de la llave, y así como mi ex esposo me entregó cierto remoto día un gran manojo de grandes llaves, yo les entrego a las participantes un gran manojo de grandes llaves imaginarias y dejo que se las lleven a sus casas y duerman con las llaves y sueñen con las llaves, y que entre las grandes llaves permitidas encuentren la llavecita prohibida, la de oro, y descubran qué habitación prohibida cierra esa llavecita, y descubran sobre todo si con la llave en la mano le dan la espalda a la habitación prohibida o la encaran de frente.

El domingo transcurre generalmente en un clima cargado de espera. Las mujeres del grupo me cuentan sus historias, el momento de la llavecita prohibida se demora, aparecen primero las puertas abiertas con las llaves permitidas, las ajenas. Hasta que alguna por fin se anima y así una por una empiezan a mostrar su llavecita de oro: está siempre manchada de sangre.

Hasta yo a veces me asusto. A menudo afloran muertos inesperados en estas exploraciones, pero lo que nunca falta es el miedo. Como me sucedió a mí

168

hace tantísimo tiempo, como les sucede a todas las que se animan a usarla, la llavecita se les cae al suelo y queda manchada, estigmatizada para siempre. Esa mancha de sangre. En mi momento yo, para salvarme, para que el ogro de mi señor marido no supiera de mi desobediencia, traté de lavarla con lejía, con agua hirviendo, con vinagre, con los alcoholes más pesados de la bodega del castillo. Traté de pulirla con arenisca, y nada. Esa mancha es sangre para siempre. Yo traté de limpiar la llavecita de oro que con tantos reparos me había sido encomendada, todas las mujeres que he encontrado hasta ahora en mis talleres han hecho también lo imposible por lavarla, tratando de ocultar su trasgresión. ¡No usar esta llave! es la orden terminante que yo retransmito el sábado no sin antes haber azuzado a las mujeres. No usar esta llave... aunque ellas saben que sí, que conviene usarla. Pero nunca están dispuestas a pagar el precio. Y tratan a su vez de limpiar su llavecita de oro, o de perderla, niegan el haberla usado o tratan de ocultármela por miedo a las represalias.

Todas siempre igual en todas partes. Menos esta mujer, hoy, en Buenos Aires, ésta tan serena con la cabeza envuelta en un pañuelo blanco. Levanta en alto el brazo como un mástil y en su mano la sangre de su llave luce más reluciente que la propia llave. La mujer la muestra con un orgullo no exento de tristeza, y no puedo contener el aplauso y una lágrima.

Acá hay muchas como yo, algunos todavía nos llaman locas aunque está demostrado que los locos son ellos, dice la mujer del pañuelo blanco en la cabeza.

Yo la aplaudo y río, aliviada por fin: la lección parece haber cundido. Mi señor Barbazul debe de estar retorciéndose en su tumba.

(para Renée Epelbaum.)

Simetrías

Simetrías

De entre tantas y tantas inexplicables muertes ¿por qué destacar estas precisas dos? Se hace la pregunta de vez en cuando, se habla a sí mismo en tercera persona y se dice ¿por qué Héctor Bravo rescata estas dos muertes? No se aplaude por eso, pero conoce parte de la respuesta: porque entre ambas atan dos cabos del mito, cierran un círculo. Lo cual no explica los motivos de su obsesión, su empecinamiento.

Y eso quisiera olvidar. Cerrarles la puerta a los recuerdos, y sin embargo —

Parece que un coronel levantó la pistola en cada caso.

Las sacamos a pasear. No puede decirse que no somos humanos y hay tan pocas que nos lo agradecen.

Es cierto, en parte. Nos sacan a pasear, nos traen los más bellos asquerosos vestidos, nos llevan a los mejores asquerosos lugares con candelabros de plata a comer delicias. Ascos. No son en absoluto humanos, humanitarios menos. Apenas podemos probar las supuestas delicias, los vestidos nos oprimen la caja torácica; de todos modos después nos restituyen al horrror nos hacen vomitar lo comido nos arrancan los vestidos nos hacen devolverlo todo. Con creces. Sólo que, sólo que. Un mínimo de dignidad logramos mantener en algún rincón del alma y nunca delatamos a los otros.

—No, no son humanos.

Hasta los más nobles sentimientos, se dice Héctor Bravo, pueden transmutarse y perder toda nobleza.

Cuando el amor llega lo ilumina todo.

Permítaseme reír de tan estereotipada frase. Permítaseme reír con ganas porque ya nos van dejando poco lugar para la risa.

Sólo lugar para eso que llamaremos amor a falta de mejor palabra.

Palabra que puede llegar a ser la peor de todas: una bala. Así como la palabra bala, algo que penetra y permanece. O no permanece en absoluto, atraviesa. Después de mí el derrumbe. Antes, el disparo.

Las mujeres que están en nuestro poder lo saben. Esta mujer lo sabe, y esa otra y la otra y aquella también. Han perdido sus nombres ahora entre nosotros y saben dejarse atravesar porque nos hemos encargado de ablandarlas. Nos hemos aplicado a conciencia y ellas lo saben.

Ellas saben otras cosas, también, que hasta los generales y los contraalmirantes quisieran conocer y ellas callan. A pesar de los horrores y de las deslumbrantes salidas punitivas, ellas callan y ellos no dejan de admirarlas por eso. Las admira también un civil, Héctor Bravo, que sufre similares padecimientos pero no en carne propia sino en esa interpósita persona llamada obsesión.

La obsesión de Héctor Bravo es elíptica. El otro foco se apoya en otra época, treinta años atrás, 1947. Él piensa que allí radica el comienzo de todo. Las balas eran entonces más mansas, no así las pasiones: una mujer está en el jardín zoológico de Buenos Aires frente a la jaula del orangután, quizá porque gorila no hay o quizá porque gorila es el enemigo. Se trata, eso sí, de un bello ejemplar de orangután de melena cobriza, todo él una gran melena cobriza, casi roja. Una llamarada tibia. La mujer y el orangután se miran.

Eran tiempos de intercambios más sencillos, bastaba la mirada.

Nosotros las miramos pero ellas no nos ven. Están encapuchadas o les hemos vendado los ojos. Tabicadas, decimos. Las miramos de arriba abajo y también por dentro, les metemos cosas, las perforamos y punzamos y exploramos. Les metemos más cosas, no siempre nuestras, a veces más tremendas que las nuestras. Ellas chillan si es que les queda un hilo de voz. Después nos las llevamos a cenar sin tabique y sin capucha y sin siquiera ese hilo de voz, sin luz en la mirada, cabizbajas.

Les hacemos usar los más bellos vestidos. Los más bellos vestidos.

Les metemos cosas muchas veces más tremendas que las nuestras porque esas cosas son también una prolongación de nosotros mismos y porque ellas son nuestras. Las mujeres.

"Y muchas veces nos traían peluqueros y maquilladores al centro de detención y nos obligaban a ponernos unos vestidos largos, recamados. Queríamos negarnos y no podíamos, como en las demás instancias. Sabíamos muy bien de dónde habían sacado los vestidos —cubiertos de lentejuelas, sin hombros como para resaltar y hacer brillar nuestras cicatrices— sabíamos de dónde los habían sacado pero no dónde nos llevarían con los vestidos puestos. Todas peinadas y maquilladas y manicuradas y modificadas, sin poder en absoluto ser nosotras mismas."

La obsesión de Héctor Bravo, la primera obsesión —si es que estas configuraciones pueden respetar un orden cronológico: la mujer está peinada con un largo rodete coronándole la frente, lo que entonces quizá se llamaba una banana, algo con relleno que le crea una aureola alrededor del cráneo. El resto del pelo lo lleva suelto y es de color oscuro, casi negro. El orangután es digamos pelirrojo y se mantiene erguido en sus cuartos traseros. Los dos se miran fijo. Muy fijo.

¿Cuándo habrá tenido lugar el primer intercambio de miradas, el encuentro?

"Cuando te desvisten la cabeza te visten el cuerpo perdés toda conciencia de vos misma es lo más peligroso ni sabés donde estás parada y eso que paradas lográbamos estar muy pocas veces y eso en el patio helado."

¡A sentarse!, les gritamos igual que a los reclutas, a acostarse con las piernas abiertas, más abiertas, les gritamos y es una excelente idea. Que no mueran de pie como soldados, que revienten panza arriba como cucarachas, como buenas arrastradas, que

> (pero soldados son, son más soldados ellas que nosotros. ¿Son ellas más valientes? Ellas saben que van a morir por sus ideas y se mantienen firmes en sus ideas. Nosotros apenas —gozosamente— las matamos a ellas).

Hay un reclamo:
¿quién sopló la palabra gozosamente sin decirla en voz alta? El adverbio exacto sería gloriosamente. Gloriosamente, he dicho. Gloriosamente es como nosotros las matamos, por la gloria y el honor de la patria.

La mujer y el mono configuran a su vez otro cuadro vivo. Apenas vivo porque apenas se mueven. La mujer y el mono se miran a través del tiempo y el espacio. Los separa una fosa. Tantas otras separaciones los aquejan pero poco les importa. Acodada a la baranda que circunda la fosa —o quizá apoyada en forma mucho menos inocente— ella lo mira a él y él la mira a ella.

Cuando ella llega el resto del mundo se acaba para él.

Ese gran animal que saltaba y se colgaba de una rama del árbol seco y hacía cómicas cabriolas más allá de la fosa ya no es más el mismo. Ya no es más animal. La mira a ella con ojos enteramente humanos, enamorados. Y ella lo sabe.

Mirar hay que mirar porque si uno da vuelta la cara, si uno tiene lástima o siente repugnancia, porque si uno tiene lástima o siente repugnancia aquello a lo que estamos abocados deja de ser sublime.

"Es algo demoníaco sabemos cómo se llama ellos no le dan su verdadero nombre lo llaman interrogatorio le dicen escarmiento y nosotras sabemos de los compañeros que han sido dejados como harapos, destrozados de a poco hueso a hueso, que han sido dejados sangrantes macilentos tirados en el piso después de haberles hecho perder toda su forma humana. Nosotras sabemos de las otras, los otros, y de noche oímos sus gritos y esos gritos se nos meten a veces dentro de la cabeza y son sólo nuestro recuerdo de nosotras mismas tan pero tan imperecedero y sabemos, cuando con las uñas o el zapato o de alguna otra forma brutal aunque sea dulce nos abren la vulva como una boca abierta en la que meterán de todo pero nunca nunca algo tan terrible y voraz y vivo, tan destrozador e irremediable como les han metido a otras, lo sabemos, porque nos sacarán a pasear, para lucirse con estas presas que somos, en todos los sentidos de la palabra presas."

¿Cómo no se supo antes, cómo nadie habló, cómo nadie las vio en el Mesón del Río, pongamos por caso, o en alguno de los demás restaurantes de categoría donde las llevaban entre una sesión y otra? Esas mujeres quizá bellas, perfectamente engalanadas, sus heridas maquilladas, y mudas, puestas allí para demostrar que los torturadores tienen un poder más absoluto aún e incontestable que el poder de humillación o de castigo.

Fue un experimento compartido y de golpe hubo un militar que perdió el norte.

El mono ladea la cabeza, la mujer ladea la cabeza.

El mono hurga entre su densa pelambre colorada, la mujer apoya los pechos contra la baranda y se pasa suavemente la lengua por los labios. El mono se entrega al desenfreno, la mujer lo mira y mira y mira (1947).

1977. Esta mujer la quiero para mí no me la toquen sólo yo voy a tocarla de ahora en adelante déjenmela en paz, acá estoy yo y me pinto solo para darle guerra de la buena.

Esta mujer es mía ahora le paso la mano por las combas la acaricio suave ella sabe o cree que voy a pegarle nada de eso, se me va la mano, la mano la sopapea con el dorso, enfurecida, la mano actúa por

su cuenta la acaricia de nuevo y yo puedo solazar-
me, entregarme, puedo por fin entregarme a una
mujer puedo bajar la guardia arrancarme las jinetas
puedo

porque esta mujer es más héroe que todos nosotros juntos

porque esta mujer mató por una causa y nosotros apenas matamos porque sí, porque nos dicen.

Esta mujer es mía y me la quedo y si quiero la
salvo y salvarla no quiero, sólo tenerla para mí hasta
sus últimas consecuencias. Por ella dejo las condeco-
raciones y entorchados en la puerta, me desgarro las
vestiduras, me desnudo y disuelvo, y sólo yo puedo
apretarla. Y disolverla.

Héctor Bravo puede superponer las dos historias, las dos mujeres, y a veces siente que se parecen
entre sí, que hay afinidades entre ellas. La enamorada del mono y la amada del militar. A veces los
amores se le enredan a Héctor Bravo, anacrónica-
mente, y el orangután ama a la amada del militar, el
militar y la mujer del orangután se juntan. Quisiera
por momentos imaginarse a la otra pareja posible,
cómica por cierto, pero sabe que la obsesión no puede ni debe permitirse el alivio de la risa. Entonces,
nada de militar y mono.

Resulta fácil imaginar a la enamorada del mono
(quizá a su vez imaginaria, ella) con el militar de
treinta años más tarde. Es fácil porque esa mujer tiene de por sí una filiación castrense: un otro coronel,
su legítimo esposo. Un marido que no ha aparecido
hasta ahora porque hasta ahora las visitas al zoológico parecían inocentes, y el marido es hombre de pre-

ocupaciones serias —el destino de la patria, verbigracia— y no puede distraerse en nimiedades con-
yugales.

Por su parte el coronel de más reciente cuño
deja que la conyugalidad se le vaya al carajo. Y también al carajo el destino de. Su centro, su preocupación del momento es esa mujer que está entre rejas,
tirada sobre una mesa de tortura esperándolo siempre con las piernas abiertas. Una amante cautiva.
    El mono también está cautivo pero puede per-
mitirse el gozo.
    El mono se sacude en breves, intensísimos es-
pasmos que la otra mujer, aquella que mantienen
extendida sobre la mesa de metal, parecería repro-
ducir al contacto de la picana eléctrica.
    La picana aplicada por el militar, claro está , un
coronel reducido ahora al universal papel de enamorado.

La mujer en el zoológico le lleva caramelos al
mono y otras golosinas que se venden allí para los
chicos, no para los animales a los que está prohibido
alimentar. Su marido el coronel no puede notar el
gasto, es mínimo. Nota eso sí los retornos cada vez
más destemplados de su esposa, su mirada perdida
cuando él le habla de temas cruciales. Ella parecería
estar en la jungla entre animales y no en el coqueto
departamento del barrio residencial, escuchándolo a él.
    Entre fieras salvajes de verdad está la otra y sin
embargo su militar amante ha logrado arrancarle
una sonrisa que queda allí planeando, algo angélica

181

porque por suerte o por milagro quienes se entretuvieron anteriormente con ella no jugaron a romperle los dientes.

Desde el otro lado de la pared llegan alaridos y no son de la selva si bien parecerían venir de arcaicos animales heridos en la profundidad de cavernas paleolíticas. Sobre la mesa que es en realidad una alta camilla recubierta de una plancha de metal, sobre el piso rugoso de cemento, contra las paredes encostradas de sangre, él le hace el amor a la mujer. El coronel enamorado y su elegida. Y el olor a sexo se confunde con el otro olor dulzón de quienes pasaron antes por allí y allí quedaron, para siempre salpicados en piso, techo, paredes y mesa de torturas.

Es importante evitar el olvido, reconoce ahora Héctor Bravo. Hay que recordar esas paredes que han sido demolidas con el firme propósito de borrar el cuerpo del delito, de escatimarle al mundo la memoria del horror para permitir que el horror un día pueda renacer como nuevo. Que el horror no se olvide, ni el olor ni el dolor ni —

Treinta años separan un dolor de otro. También unos pocos kilómetros. La obsesión de Héctor Bravo los combina, ayudada por la recurrencia de un período histórico; otra vuelta de tuerca como un garrote vil.

La mujer del mono regresa a su casa cada día más desgreñada (Héctor Bravo no lo cree, pero parece que los guardianes del zoológico comentan entre risas que el orangután está perdiendo peso). La mujer del centro clandestino de detención en poder de las fuerzas armadas está cada día mejor peinada, arregladita. Cosa que la aleja cada día más de sí misma.

La simetría no radica en el pelo de estas dos mujeres. Buscar por otra parte.

Pocos se preocupan (1947) por el mono, menos personas aún se preocupan por la mujer (1977), tan arregladita ella, hierática mujer de músculos un poquito atrofiados, demacrada pero hermosa. Sólo un hombre, en realidad, se preocupa por esa mujer y se preocupa mucho. Demasiado. Ya no se contenta con llevarle vestidos y joyas obtenidos en dudosas requisas policiales. Ahora él, personalmente, vestido de civil, va a las mejores lencerías y casas de moda de la Capital y le compra ropa. Con propias manos le toma la medida del cuello, oprimiendo un poco, y después se dirige a Antoniazzi a encargarle una gargantilla demasiado ajustada, carísima. Se la brinda como prueba de amor y la obliga a usarla y la gargantilla tiene algo de collar de perro, con argollas de oro azul, una especialidad de la joyería. Con el fino cinturón de piel de víbora a modo de correa podría conducir a la mujer por todo el mundo, pero no son esas sus aspiraciones. Él pretende que ella lo siga por propia voluntad, que ella lo ame.

Y si para ella el amor alguna vez fue algo muy distinto del sometimiento, ella ya ni se acuerda. O no quiere acordarse. Éstos son tiempos de supervivencia y de silencio: no brindar la menor información, mantenerse ida, distante; apenas sonreír un poco si se puede y tratar de devolver un beso pero nunca abrir la boca para hablar, para delatar. Nunca. El asco debe quedar relegado a una instancia externa a esas paredes.

Las paredes son él porque él la saca del encierro en la cárcel clandestina y, amurada en tapados de piel, camuflada en bellos vestidos, enmascarada tras elaborados maquillajes y peinados, se la lleva al teatro Colón, a cenar a los mejores sitios y nadie nadie la reconoce ni se le acerca en estas incursiones y de todos modos nadie podría acercársele, rodeado como suele estar él de todos sus guardaespaldas.

Ella a su vez no reconoce a nadie ni levanta la vista. Oscuramente sabe que por un solo gesto de su parte, una mirada, condena al otro; y sabe que por un gesto o una mirada él la va a lastimar, después, va a marcarla por debajo de la línea del escote para poder volver a lucirla en otras galas.

Él no lo hace por marcarla ni insiste ya en que ella denuncie a sus compañeros. Sólo busca nuevas excusas para poder penetrarla un poco más hasta lograr poseerla del todo. Él la ama. Mucho más de lo que el mono puede amar a la otra mujer, mucho más de lo que hombres o animales superiores han amado jamás, piensa él. Y la saca a pasear con mayor frecuencia de la que aconseja la prudencia y hasta espera poder presentársela a su legítima esposa y meterla en el lecho conyugal.

Los altos mandos del ejército empiezan a alarmarse.

Héctor Bravo no sabe si la mujer del mono alguna vez quiso o intentó arrancar al mono de su encierro, llevarlo de paseo, meterlo en— Son posibilidades bastante ridículas. Los altos mandos del ejército (1947, tiempos un poco menos sórdidos) empiezan a reírse de los cuernos del coronel que tiene por rival a un mono. Un orangután, ni siquiera un gorila. Y pelirrojo, el simio, para colmo.

¿Dolerá más que los cuernos la risa de los camaradas de armas?

La mujer del mono está al margen de esas consideraciones y se siente inocente. Ella sólo mira, pero en ese mirar se le va la vida, se le va el alma, se le estira un tentáculo largo largo que alcanza hasta la piel tan sedosa del mono y la acaricia. El mono tiene una expresión humana y a la vez mansa, incontaminada. El mono sabe responder a la mirada de la mujer enloqueciendo de gozo.

El gozo del coronel 1977 es más medido como corresponde a su grado. El gozo es más medido, en apariencia, pero el amor que siente por la mujer tabicada es inconmensurable.

Ocurre que la amo, parece que dijo —se le escapó— en cierta oportunidad, y la frase no cayó en oídos sordos. Sus superiores empiezan a fijarse en él y a preocuparse mientras pasean a sus víctimas favoritas por los salones de los grandes hoteles. Empiezan a observarlo, a él que tan sólo observa la línea del cuello de la mujer amada o su torpe manera

185

de llevarse a los labios la copa de champán, con un miedo secreto.

¿Dónde estará el respeto en todo esto?, se pregunta de golpe Héctor Bravo como si el respeto fuera moneda corriente.

El mono evidencia una forma de respeto al aceptar distancias sin haber intentado jamás saltar la fosa, sin quejarse.

Hasta que una noche ya encerrado en su jaula se pone a aullar desgarradoramente y el coronel en el cuartel a pocas cuadras del zoológico oye el aullido y sabe que se trata de su rival el simio llamándola a la esposa de él y toma el cinto con la cartuchera y toma el arma reglamentaria y sale del cuartel con paso decidido.

El jardín zoológico está cerrado y el guardián nocturno no oye las órdenes de abrir los portones ni oye los improperios.

Mientras tanto, treinta años más tarde, los altos mandos del ejército lo han enviado al coronel enamorado en misión oficial a Europa. La prisionera que él apaña es una subversiva peligrosa y los hombros de pro no pueden andar involucrándose con elementos enemigos de la patria. Mejor dicho, involucrarse pueden y hasta deben, lo imperdonable es el haber descuidado el deber para hundirse —sin quererlo, es cierto— en las fangosas aguas del deseo. Un verdadero desacato. Porque un coronel de la nación no puede privilegiar a una mujer por encima del mismísimo ejército, por más que se trate de una mujer propiedad del ejército.

Borrón y cuenta nueva es lo que corresponde en estos casos.

Y el coronel del '77 está cumpliendo su misión en Europa mientras el coronel del '47 escala las imposibles verjas del zoológico.

Los tiempos se confunden en la obsesión de Héctor Bravo, es decir que en una instancia, al menos, los tiempos son los mismos.

La bala también parece ser la misma.

Y cuando los dos enamorados vuelven al sitio de su deseo, la mujer al zoológico, el coronel de Europa, encuentran sendas celdas vacías. Y los dos encuentran un terror filiforme trepándoles por la espalda y encuentran un odio que habrá de crecerles con los días.

En cuanto al otro par —el mono y la mujer sobre la consabida mesa—, como fruto del haber sido tan amados, lo único que encontraron fue la muerte.

Índice

Composición láser: Noemí Falcone

Esta edición de 3000 ejemplares
se terminó de imprimir en
Indugraf S.A.
Sánchez de Loria 2251, Bs. As.,
en el mes de octubre de 1993.